河出文庫

ブルーヘブンを君に

秦建日子

河出書房新社

ブルーヘブンを君に

河本純子さんと、河本悦子さんに。

彼の手が、白いスケッチブックの上を動く。
彼女は、それを見ていた。
大きなガラス窓を通過した日の光が、彼の右手と右肩と、そして右頬を照らしている。
彼女は、それを見ていた。
４Ｂの鉛筆でざっと線描をする。
次に、使い古した筆箱から、青の色鉛筆を取り出す。

「俺、青が好きだからさ」

彼の声は、楽しそうに弾んでいた。

よく通る、明るく温かい声だった。


「川の水って青いでしょ。

海も青いでしょ。

そして、空はとことん青いでしょ。

世界は、美しい青で出来てるって思うんだ」

彼は青の色鉛筆をリズミカルに動かす。
黒く縁取られたたくさんの花びらに、
ひとつ、
またひとつ、
濃淡のある青が広がっていく。

その様子を、彼女はずっと見ていた。

そして、誰にも聞こえないような小さな声で、

「きれい」

と呟いた。


あれが、私がこの世に生を受けた瞬間だった。


1971年。

梅雨の終わり。あるいは、夏の始まり。

私は、川の近くに建つ、とある図書館で生まれたのだった。

「種」の章

1

その日、鷺坂冬子《さぎさかふゆこ》は、揖斐川《いびがわ》のほとりを、少し錆びた重たい鉄製の自転車で走っていた。自宅でもあるバラ園の玄関口から、畑に挟まれた道を行き、小さな坂を上がって川沿いのサイクリング・ロードに出る。昨日の夕方からポツリポツリと降り始めた雨は、今日のお昼の少し前に上がった。灰色の雨雲たちは、西風に押されて去り、今は、シュークリームの形によく似た迷子雲がひとつ、ポツンと取り残されているだけ。その迷子雲が、砂利道に出来たたくさんの水たまりの中に、きれいに映り込んでいた。冬子は、それを器用に避けながら自転車を走らせる。タイヤが小石を弾きカタンカタンと自転車が揺れると、そのたび、前かごに入れていた本たちが跳ね、そして三つ編みにしている冬子の髪も、白い開襟シャツの肩の上でポンポンと跳ねた。

（やっぱり長袖にすれば良かったかな……）

走りながら、冬子はちょっと後悔していた。思った以上に雨上がりの日射しが強くて、それが、半袖から出た冬子の腕をジリジリと焼いていた。

（これ以上、「ぶち猫」とか「のらくろ」とか言われたくないのに……）

とにかく、今は、かんかん照りの河原にいる時間を少しでも短くしなくては。そう考えて、冬子は自転車のペダルを思い切り踏み込んだ。サドルから、お尻が軽く浮き、自転車はスピードをあげた。

と、その時だった。

どこからか、

「危ない!!」

と叫ぶ声が聞こえてきた。

「？」

冬子は一瞬混乱して、辺りを見た。正面も、左も、そして川側の右にも、冬子のいる場所から半径50メートル以内には誰もいなかった。なのに、声はまた聞こえてきた。

「危ないから‼　あ――っ！　どいてどいて！」

しかも、確実に声は冬子に近づいてきている。

まさか、後ろ？　そう思って、冬子はペダルを漕ぐ足を緩め、走りながら背後を見たが、そこにも誰もいなかった。

「前！　前！　避ーけーてー！！！」

そこでようやく冬子は正解を知った。声は、頭上から近づいてきていたのだった。視線を前方の空に向けると、ちょうど天空から45度くらいの角度で、白い大きな翼が急降下してくるのが見えた。

冬子に向かって。

翼の下に、人間をぶら下げた状態で。

「！！！」

次の瞬間、ハング・グライダーは機首を強引に持ち上げながら、冬子の自転車のすぐ横を掠《かす》めた。冬子は悲鳴をあげながら、川の方にハンドルを大きく切った。自転車は、バランスを崩して横滑りに倒れ、冬子はしたたかに右手と右足を打った。ハング・グライダーの方は、機首をあげたことで一瞬、数メートル高度を取り戻したが、そこで失速して、機体の尻から土手に落ちた。そして、砂利の上をスキップするように大きく二度弾み、最後は斜めに傾きながら土手下に群生する緑色のヨシの茂みに突っ込み、そこでようやく停止した。

冬子は、自分の方の痛みは忘れ、ただ、その落下してきた白い物体を見ていた。まさか、ぶら下がっていた人は、死んでしまったのだろうか。

が、それは杞憂《きゆう》とすぐにわかった。ハング・グライダーの下から、もぞもぞと銀色のヘルメットが這い出てきたからだ。

「痛ってぇ〜〜わ」

若い男の子の声だった。

「大丈夫……ですか？」

冬子は、倒れた自転車や散らばった前かごの本は放置したまま、その男の子の側に駆け寄った。男の子は、墜落の時に頭でも打ったのか、最初はしばらく地面に座り込んで頭を振っていたが、やがて、ゴーグルを外し、そしてヨイショと言いながら立ち上がった。

立つと、彼は、冬子より頭ふたつ分くらい背が高かった。黄色いツナギが、ヨシの葉と擦れたせいで、緑色に汚れていた。

「ありがとう。俺は、大丈夫。それより君は？」

そう言いながら、男の子は冬子のことを見た。

「ごめんね。俺のせいで転んじゃったよね」

そして、次の瞬間、

「うわ！　血が出てるじゃん！」

と大きな声を出した。

血？　冬子は自分の足を見て、初めて、自分の右足にはけっこう面積の広い擦り傷が出来ていて、その中心にはやや深めの切り傷もあるのだと気がついた。ふくらはぎから、右膝の少し上まで。傷を自覚すると、急に、そこがヒリヒリと痛み出した気がした。

「ちょっと待ってて！　俺、持ってるから！」

男の子はそう言うと、腰に巻いていた自分の黒いウエスト・バッグから、赤い十字がプリントされた小さな白いポーチを取り出した。そして、冬子の足元に素早くかがみこむと、まずは消毒薬を吹きかけた脱脂綿で、冬子の赤い血をぬぐった。次に、ポーチの底から絆創膏を取り出し、傷口の深そうなところ数か所に、丁寧に貼ってくれた。

「いつも持ち歩いてるんだ。ケガばっかりするから、俺」

そう言って、男の子は笑った。

「私のことより、自分は大丈夫なんですか？」

「え?」

「体とか。あと、あれも」

そう言いながら、冬子は男の子が乗っていた白いハング・グライダーを指差した。

ハング・グライダーは、墜落の衝撃で、翼を形作る鉄のパイプが、ぐにゃりと大きく曲がっていた。そして、翼の下に人間をぶら下げるための正三角形のパイプ部分があるのだが、そこは右斜めの部分が、ポッキリと折れていた。

男の子は、改めてその機体の惨状を見て一瞬顔を曇らせたが、すぐに冬子に、

「大丈夫。大丈夫。俺、ちゃんとバイトしてるから大丈夫」

と明るい声で言った。

「バイト?」

「うん。空を飛ぶのって、なんだかんだお金がかかるんだよ。だから俺、めちゃくちゃバイトしてるんだ。だから大丈夫」

「そうですか……」

いくらバイトしていても、今回の事故は想定外だろうし、こういうものの修理にいくらくらいかかるのか冬子には想像がつかなかったが、少なくとも高校生のお小遣い程度の金額ではないだろうとも思った。だから、大丈夫とは思えなかったのだが、とにかく男の子が明るさを崩さないので、冬子はそれ以上質問をするのはやめた。

男の子は立ち上がり、大きく息を吸い、次にゆっくりとそれを吐き、そして揖斐川の川面《かわも》に向かって、

「もっともっと上手になるぞー!」

といきなり叫んだ。

そして、次に、倒れたままになっている冬子の自転車を起こしに行き、地面に散らばったままの本を拾い始めた。

慌てて冬子も、彼と一緒に本を拾い始めた。

と、男の子は、そんな冬子の手元を見ていて、急に、

「君って、ソックスだね」

と言った。

「は？」

「前に、うちによく遊びにきてた野良猫が、ソックスだったんだ。手だけが白くて、腕は真っ黒で、まるで白い靴下を履いてるみたいでしょ。だからソックス」

「……」


冬子の両手が「ソックス」なのには、とってもシンプルな理由がある。

家がバラ園を営んでいて、空いている時間は、子供も親の仕事の手伝いをする。それが鷺坂バラ園の決まりだった。

仕事の時は、園芸用の手袋をする。

冬子はもともとはとても色白なので、手は日焼けせずに透き通るような白さのままだ。

その時、手袋と一緒に長袖を着用していれば腕も白いままのはずなのだが、肉体労働をしていると体はすぐに熱くなる。特に、ビニールハウスの中は暑い。春先からもう暑い。直射日光が当たる日は特に暑い。冬子は暑がりだった。しかも、汗をかくとその部分が痒くなるという、軽いアレルギー体質でもあった。肘の内側に赤い膨疹《ぼうしん》がすぐに出来てしまう。それでついつい、半袖のTシャツで仕事をすることになる。二の腕から手首までが剝き出しになる。（ほんのちょっとだけ）と思っていても、あっという間に、冬子の腕は黒くなる。

「農家の娘が日焼け気にしてどうするの。健康的で可愛いわよ」

そう言って、母親の良枝は、冬子の愚痴をよく笑ったものだ。

河原から地元の図書館に移動し、

（野良猫に喩《たと》えられたのがショックで、でも、そのショックを相手に気づかれるのも嫌で、そそくさと冬子はその場を立ち去った）

でも、その図書館でもなぜか読書に集中できず、

（本を読もうとすると、本を持つ両手のソックスな状態が嫌でも目に入るからだ）

それで、予定より早い時間に、冬子は家に帰ってきた。

ちょうど、良枝が、家の前から続く畑で作業をしていた。良枝は、自転車に乗った冬子を見つけると、大きく手招きをし、

「冬子。芽かきの続きお願い」

と言った。

「え？　今すぐ？」

「そう。お母さん、夕飯の支度始めたいから」

「……」

芽かきとは、一つの場所から幾つも出ている花芽のうち、一番元気な芽だけを残して残りを摘み取る仕事のことだ。本命の芽に養分を集中させ、大きくて丈夫な花を咲かせる。バラ園にとって、とても重要な仕事だ。冬子は、本当はまっすぐ自分の部屋に戻って夕飯までベッドでゴロゴロしたい気分だったが、それは口にしなかった。自分のエプロンを取りに行き、靴を長靴に履き替え、良枝のいる畑へ戻った。

「お家がバラ園とか、とってもロマンチックだよね」
学校で新しく友達が出来るたび、必ずこう言われる。
でも、友達はみんなわかっていない。バラ園の仕事というのは、結局は農作業だ。とってもヘヴィな肉体労働であり、そこにロマンチックさは全然ない。
バラの棘が刺さらないように軍手をはめ、更にその上にビニール手袋を重ねる。

「君って、ソックスだね」

そう言って笑った男の子の声が、不意にまた思い出された。

「フン」

冬子は、ひとり鼻を鳴らし、そして、芽かきを始めた。
日がだいぶ西に傾き、じわじわとその輝きを黄金色に変え始めていた。

2

冬子の姉、鷺坂朝子が一日の業務を終えて銀行の通用口を出た時にも、まだ、空には夕焼けが少し残っていた。

（日が、ずいぶん長くなったな。もうすぐ夏か）

そんなことを思いながら、銀行裏手の社員駐車場に向かう。腕時計の文字盤は、7時ちょうどを指していた。ここに就職して三年。少しずつ任される仕事の量が増え、今年はほぼ毎日、二時間の残業をするのが習慣になっていた。

大垣の市街地から、揖斐川沿いを北上して、鷺坂バラ園へ。朝子の愛車である青のダイハツの軽自動車を、飛ばさずのんびり走って、片道、およそ30分。市街地を抜け、川沿いに差し掛かった頃には、辺りはしっかりと夜になっていた。側道を斜めに登り、5メートルほど高くなっている土手道へと出る。

と、その瞬間、朝子はドキリとした。

50メートルほど前方を走る車のテール・ライトの形が、彼女の好きだった男のものと同じ形だったからだ。

現行車より二つも前の型の中古のヴァン。

大きな車体に、ちょっと頼りなげな細いタイヤ。

彼の車の色は白だったが、夜の闇が深くて、朝子の位置からはその色まではわからない。

（バカバカしい。この辺りだけで、あのヴァンは何千台も走ってるというのに）

そう思いつつ、朝子は少しだけアクセルを踏み、前の車との距離を詰めてみた。

彼のハイエースなら、テールのバンパーに少しだけ凹みがある。直さないの？

と訊いたら、もちろん直さないと彼は答えた。

「バンパーっていうのは、車を守るために凹むのが仕事なんだよ。だから俺は、凹んだバンパーを見るたびに、『おまえ、ちゃんと仕事したな。偉いぞ。俺ももっと仕事しないとな』って、なんだか働くパワーを貰える感じがするんだ」

そう真顔で言っていた。

(変わった人だったな)

彼のことはもう考えないぞと何度も決心したはずなのに、今夜もまた、その努力目標は達成されなかった。

そういえば、あれは、もう二年も前のことだったたか。

仕事を終え、彼の……八木《やぎ》優仁《まさひと》がひとりでやっている『BAR COZY』という店に、朝子がいそいそとひとりで行った時のこと。

店内に入ると、まだ客はひとりも入っていなくて、カウンターの奥に、優仁がひとりポツンと座っていた。右手には真っ白なカリフラワーを持ち、左手には深緑色のブロッコリーを持ち、真剣な表情でそのふたつを見比べていた。

「何、してるんですか？」

そう朝子が声をかけると、優仁はふたつの野菜を見つめたまま、

「俺は、カリフラワーもブロッコリーも同じくらい好きなんだよ」

と言った。

「そうなんですか」

話の方向性が見えなかったので、朝子はとりあえず無難な相槌を打った。

「うん。同じくらい好きなんだ。でもね、今日、市場に行ったら、八百屋のおっちゃんが、栄養価はブロッコリーの方が高いんだぞって言うんだ。同じアブラナ科でアブラナ属の野菜なのに、ビタミンCもβカロテンも、ブロッコリーの方が圧倒的に多いんだぞって」

「はあ。そうなんですか」

「でもさ。それで、今までカリフラワーで作ってた料理をブロッコリーに変えちゃうのって、たとえば、普通に誰かと付き合ってたのに、『実はあの人お金持ちなんだ』って知ったら急にその人に対して媚びたくなっちゃうような、そういう

恰好悪さに似た感じの何かを感じない？」

「えーと。私は感じませんけど」

「そう？」

「考えすぎじゃないですか？　カリフラワーもブロッコリーも両方好きなら、これからも両方食べればいいだけだと思います」

「そっか」

「はい」

「朝子ちゃんって、頭良いね」

「そ、そうなります？」


（変わった人だったな）

彼のことを思い出すと、時々、フッと笑いそうになる。

赤いテール・ランプが、少しずつ近づいてきた。

色は、白のようだ。断言は出来ないが、白のように見える。

バンパーは?

バンパーは小さく凹んでいるだろうか?

が、それが見える位置まで接近する前に、急に、前の車が左方向へのウインカーを出した。そして、土手道をスッと降りた。

ここで降りるということは、あの車の目的地は神戸町《ごうどちょう》あたりだろうか。彼の家は池田町だから、やはり違う車だろう。朝子はアクセルを緩め、ホッとしたような、それでいてがっかりしたような、複雑な気持ちのままハンドルを握り直した。

大野町の入り口で土手道を降り、我が家の畑を横に見ながら畦道を走り、我が家のビニールハウスの横の空き地に愛車を停め、年代物で重厚だがやや重たい玄関のドアを開ける。

「ただいま」

家の奥から、母親の良枝がよく作る野菜カレーのスパイスの香りが、ふわっと流れてきた。

「おかえり〜」

高くて美しくて歌声のような良枝の声が返ってくる。上着を脱ぎながら居間へ。

背後のドアが開き、

「腹、減った〜‼」

と声がして、父親の光男と、そして末っ子の健司が戻ってきた。今日も、夕飯の時間ギリギリまで、親子で野球の練習をしていたらしい。健司は「俺はプロ野球の選手になるんだ」が口癖の中学生で、背も高くないし筋肉質でもなく、どちらかと言うと華奢で頼りのない体格なのに、なぜか自信と気合いと気魄には満ちていた。父の光男は、そんな健司が可愛くて仕方がないらしく、畑の片隅に手製のネットでトス・バッティングのスペースを作ってやり、連日、健司のためにボールのトス役を務めてやっていた。鷺坂家では、夕食は努めて家族五人全員で丸いちゃぶ台を囲むことがルールになっていて、なので、今年から毎日二時間残業してくる朝子に合わせ、健司と光男はとっぷりと日が暮れるまで、いや、日が暮れてもなお電灯のあかりを頼りに、朝子の帰宅時間までずっとバッティングの練習をしているのだった。

朝子が手を洗う。

光男が次に手を洗う。

妹の冬子はもう居間にいて、園芸の本を黙って読んでいる。

健司は、手を洗うより前に居間に入ってテレビを点け、チャンネルをプロ野球放送に合わせせる。中日ドラゴンズが読売ジャイアンツと対戦している。試合は早くも5回になっていたが、先発の星野仙一投手は、まだ、ピッチャーズ・マウンドに立っていた。

「さ、晩ご飯を〜いただ〜きま〜しょう〜♪」

良枝が、ほとんど歌いながら、カレーの入った大鍋を台所から運んできた。

「冬子！　朝子！　みんなのお皿と、ご飯と、サラダも運んで頂戴」

冬子は、すぐに本を閉じて素直にすっと立ち上がる。朝子はテレビの前にどっかりと座った末っ子の健司に向かって、

「健司！　あんたも手伝いなさいよね！」

と言って、彼の尻をポンッと蹴った。

その日の夕飯では、朝子にとって、ふたつ、ちょっとしたサプライズがあった。

ひとつ目は、今日の野菜カレーにはブロッコリーがたくさん入っていたことだ。

そして、良枝が、

「知ってた？　ブロッコリーって、カリフラワーと同じような形なのに、栄養価はずっとカリフラワーより高いんだって」

と話し始めたことだ。

「びっくりよねえ。形は一緒で色が違うだけなのにねえ」

朝子は、カレーの中のブロッコリーをシャクシャクと噛みながら、ただ、

「ふーん」

と、わかりやすく（その話題には興味はないよ）というシグナルを発してみた。

が、良枝はもともと鈍感なタイプだったし、そして、自分の話したいことを延々と話すのが特技でもあった。

「不思議よねえ。同じナス科なのにねえ」

「アブラナだから」

「え？　何？」

「ナス科じゃないから。アブラナ科のアブラナ属、だから」

「あら、朝子。あなた、そういうの詳しかったっけ？」

「……別に。常識でしょ、このくらい」

よせばいいのに、訂正してしまった。そして、客のいない寂れたバーで、カリフラワーとブロッコリーを手にポツンと座っていた中年バーテンダーの姿をまた思い出してしまった。

「白も緑もあんまり俺は燃えないな」

野球中継を見ながら、健司が会話に参加してきた。

「カリフラワーも負けずにもう少し頑張って欲しいね」

本当はそんなことに興味があるとは思えないが、家族の会話量を大事にする光男も、よくわからない論点でカリフラワー・トークに参加してきた。

「ドラゴンズ命の俺としては、出来れば青いブロッコリーが食べたいんだけど」

健司がまたくだらないことを言った。

「あら。青っていうのは食欲減退カラーなのよ？　青は、見て、楽しむもの。赤や黄色や緑は、見ても楽しいし食べても楽しいものなの」

と、良枝。放っておくと、今夜はずっと、みんながこの話題を続けてしまうかもしれない。朝子は、強引に話題を変えようと決めた。何か、ないだろうか。何か別の良い話題は……そう思って、いろいろと辺りを見回しているうちに、目の前で無言でカレーを食べている妹の足に、出来てまもない擦り傷があるのに気がついた。

「冬子。その足、どうしたの？」

朝子は、わざと大きめの声で訊いてみた。

「別に」

冬子は不機嫌そうな声で答えた。（その話題をふるんじゃねえよ）というわかりやすいシグナルが込められていた。そこで朝子は、鈍感なふりをして、更にその話題を続けることにした。

「ずいぶん痛そうだけど」

「別に」

「どういうコケ方したの?」

「別に。普通」

「普通って何よ」

「普通は普通。普通に自転車で転んだだけ」

「ふーん」

と、ここでもまた、健司が会話に割り込んできた。

「男のせいらしいよ」

「健司」

「恰好いい男だなーって見とれてて、それでコケたんだよ。間抜けだよな」

「健司! 全然違うから!」

冬子が大声を出した。

「ちょっと待って。そんなにハンサムなの？」

良枝が、カリフラワーとブロッコリーから、冬子の方に興味を切り替えた。

「ちょっと待て。その傷、誰かに怪我をさせられたのか？　どんな状況で？　相手はちゃんと謝ったのか？」

光男が立て続けに質問をした。光男は、長男の健司を溺愛しているのと同じくらい、冬子のことも溺愛している。割を食っているのは、長女でしかもしっかり者キャラの朝子だけだ。

「で、どのくらいのハンサムなの？　芸能人だと誰に似てる？」

良枝が質問を被せた。

「背が高いってだけだよ。でもほら、女って背が高いってだけでキャーとか言うだろ？　冬姉のもそういうやつ」

健司が勝手に答えた。健司自身は背がどちらかというと低いので、長身の男には反発があるらしかった。

「健司、あんた、なんでそんなに詳しいの？」

良枝が訊く。

「見てたから」

「え？　そうなの？」

「たまたまね。ちょうどその時、川の反対側を部活でランニングしてたから」

カツン。不機嫌そうな音を立てて、冬子がスプーンを置いた。

「はっきりさせておくけど、私はただの被害者だから」

そう冬子はまず宣言をした。

「向こうが勝手につっ込んできた。私は慌てて避けて転んだ。以上。それだけ。はい、終わり」

そう言って、冬子はまたスプーンを持ち上げた。

「冬子。おまえ、車とぶつかりそうになったのか？　それは大事件だぞ？」

そう光男が言う。

「違うから」

「どう違うんだ？」

「車じゃなくて、んー、ハング・グライダー」

「は、ハング・グライダー？」

「なんか。凧のお化けみたいなやつに、人がぶら下がってて、それで空を飛ぶの」

「え？　相手は空から落ちてきたのか？」

光男が仰天した声を出した。

「で、その相手の男の人は大丈夫だったの？」

良枝の方は、逆に、少し声を潜めた。

「うん。全然大丈夫だった。まあ、機体の方は折れたり曲がったりしちゃったけど、それは自分で直すって。毎日、お弁当屋さんでバイトしてるから、お金のこととかも心配しないでって」

それが、ふたつ目のサプライズだった。

「！　私、その彼、知ってるかも！」

「え？」

「ハング・グライダーに乗ってる、高校生くらいの男の子でしょ？　その子、うちの会社の女子は全員知っている超有名人だよ！」


その瞬間だった。

巨人打線の三番サード長嶋茂雄が、星野から、ライト・フェンスをライナーで直撃する強烈な打球を放った。

長嶋は、一塁を蹴り、二塁も蹴り、ヘッドスライディングで三塁に滑り込んだ。

セーフ。

球場は騒然となり、テレビ中継のアナウンサーも騒然となり、茶の間で見ている健司と光男も騒然となった。打席には四番の王貞治。星野はそのまま続投。

「星野〜！　星野〜！　星野〜！」

男ふたりが悲痛な声援を飛ばす中、冬子は「ご馳走様」と言ってすっと立ち上がり、

「お風呂、先に入るね」

と言いながら部屋から出て行こうとした。

「え？　弁当王子の話、聞きたくないの？」

そう、朝子は冬子に訊いた。

「弁当王子？」

そう訊き返したのは、冬子ではなく良枝の方だった。冬子は、不機嫌そうな表情で一瞬立ち止まり、チラッと朝子を見た。そして、

「フン」

と鼻を鳴らして、そのまま立ち去った。

（ああ、そうか。ついに冬子も初恋か）

朝子はそう思った。

（頑張れよ、妹。弁当王子はライバル多いぞ）

そんなエールを心の中で送りつつ、朝子は冬子の残したカレーに手を伸ばした。

3

週の明けた月曜日の朝。

朝子は寝坊をした。かけたはずの目覚ましはいつの間にか止まっていた。窓からの明るい日差しに朝子が気がついた時、枕元の時計は7時22分を指していた。

「うっそ……」

いつもなら、少しだけ余裕をもって7時15分には家を出ている。道の混み具合にもよるが、7時35分までには出ないと始業時間にはおそらく間に合わない。朝子に残された時間は、ギリギリであと13分だった。

大慌てで銀行の制服のブラウスとスカートを取り出し、それらを抱えたまま階段を駆け降りる。ちょうど、妹の冬子がセーラー服姿で玄関から出て行くところだった。いつもなら、朝子より冬子の方が遅いのに。ますます焦りながら、洗面所に向かって廊下を走る。健司の気配は既にない。今日も、部活の朝練なのだろう。

と、台所から顔を出した良枝が、

「あら、朝子。今日は銀行お休みかと思ったわ〜」

と、のんびりした声で言った。

「そんなわけないじゃん。寝坊！　寝坊なの！　ジャスト寝坊！」

朝子は叫びながら、まずは顔を洗う。

「そのブラウス、シワシワよ？　あなた、それ着ていくつもり？」

「朝アイロン掛けるつもりだったのよ！　あー、でも、大丈夫！　ジャケット着ればわかんないから！」

顔を乱暴にタオルで拭きながら、朝子は叫ぶ。

と、横のトイレから、

「大丈夫だ。ブラウスのシワくらい。朝子なら何着ても似合う」

と根拠のない慰めを言いながら、光男が出てきた。

「それにしても、朝子が朝寝坊なんて珍しいわね？　あなた、朝には強いのに。やっぱり、朝子って名付けたのが良かったのかしら？　ねぇ、お父さん？」

と良枝。

「俺がつけたんだぞ。良い名前に決まってる。なぁ、朝子？」

と光男。

「夏子と迷ったのに、お父さん、三日考えて、結局朝子にしたのよね」

と良枝。

「ところで、朝子。今度、母さんが、おまえをイメージした新しいバラを考えてるんだそうだ。楽しみだな。なあ、朝子？」

朝子は、それら夫婦の会話はまるまる無視した。大慌てで髪の寝癖を直し、乳液を顔に叩き込み、ブラウスに袖を通し、ボタンを留め、スカートのファスナーを上げ、居間に戻って時計を見る。

7時31分。

や・ば・い。

そんな朝子に向かって、

「ねえ。どうして寝坊したの？　昨日、遅くまで起きてたの？」

と、良枝が訊いてきた。

「本を読んでたの！　気がついたら朝の4時でさ。失敗した！」

「本？　朝子が？　あら、珍しい。どんな本を読んでたの？」

良枝は、朝子が銀行に間に合うかどうかには全く興味がないようだった。

「そんなことより、パン頂戴！　齧《かじ》りながら行くから！」

「おい。それはちょっと行儀が悪いぞ」

光男が小言を言う。

「お行儀より、遅刻しない方が大事でしょ！　仕事なんだから！」

そういえば、服を着ただけで、バッグを忘れていた。

「パン！　早くね！　あ、バターは塗っといて！」

そう良枝に向かって叫びながら、階段を駆け上がり、寝室に土曜から置きっぱなしの仕事用バッグを摑む。中には、財布や免許証や車の鍵や化粧品その他諸々が入っている。さっと部屋の鏡で自分の外見を2秒だけチェックし、もう一度階段を駆け降りる。

と、下では良枝が朝子を待ち構えていて、

「今日はパン、ないのよ。朝ご飯は、納豆と玉子とほうれん草のお浸しと唐揚げだったの。十分待っててくれたら、それ、お弁当にしてあげるけど」

と言うので、

「あー、じゃあ、いい！　行ってきます！」

と怒鳴って、そして朝子は外へ飛び出した。

「焦っている時ほど、安全運転だよ」

車に乗り込み、普段より少しだけ力強くアクセルを踏んで表通りに出た瞬間、朝子は懐かしい声をまた思い出した。

「いつもより早く加速したところで、信号があれば止まるしかないし、車線変更を繰り返したところで、目的地に着く時間なんか数秒しか変わらないよ。だから、急いでる時ほど、落ち着いてゆっくり走るべきだと思うんだ」

そう言って、あの時、八木はおどけた様子で肩をすくめてみせた。

「そうじゃないと、ほら。愛車を、俺の車みたいにしちゃうからさ」

彼は朝子に、凹んだリアのバンパーを見せる。

「開店時間に遅刻しそうで焦ってたら、車庫入れ失敗してぶつけちゃったんだ。おかげで、5分余計に遅刻した」

「えー。ショックだったでしょう」

「いや、そうでもない。これは、教訓なんだ。運転の神様が、焦ってる時ほど安全運転しろよって、俺に教えてくれたんだと思う。そうじゃないと、いつか、別のものとぶつかってたかもしれないからね。歩行者とか、あるいは自転車とか」

（はいはい。ちゃんと覚えてますよー）

朝子は小さく呟いた。そして、大垣市内にある勤務先の銀行まで、あえて、いつもよりゆっくりめで走った。

大垣城のお堀の脇の道を慎重に走り、銀行の裏手の駐車場にも慎重に車を入れ、そこから営業部のある二階フロアまでは全力でダッシュする。

自分のデスクに座って時計を確認すると、なんと、始業時間までまだ4分も余裕があった。

「やった……」

4分あれば、すっぴんの顔にファンデーションを塗るくらいは出来そうだ。が、朝子が次のアクションを起こすより早く、同期の中沢加奈子と浜島彩月が、朝子のところにやってきた。

「ねえねえ。土曜日に私が貸した本、どうだった？」

といきなり切り出してきたのが加奈子。朝子の住む大野町の隣りの揖斐川町にある、格式高い老舗の鮎料亭の一人娘。いずれは婿養子を取ってそこを継がなければならない立場なのだが、本人は密かに「反乱」を起こしたいと考えているらしい。

「私、駆け落ちするの。熱烈な恋。そして駆け落ち。あー、なんてロマンチックなのかしら」

酒に酔うたびに加奈子はそう言う。くどいくらいに同じことを言う。そして、ひとしきり同じ話をした後は、たいてい意味もなく泣く。

そして、

「うわ、朝子、あんたなんでスッピン？」

と呆れたような声を出したのが彩月。大野町の造り酒屋の娘で、本人も浴びるように酒を飲むが、まだ二日酔いというものを一度も経験したことがないという鉄の肝臓を持つ女。実は、中学時代、高校時代、短大時代、名古屋や大阪、そして東京から芸能プロダクションが何回もスカウトにやってきたというほどの美人だが、本人はそれらのスカウトには全く心が動かなかったという。

「外見褒められると冷めちゃうの」

と、贅沢なことを言う。そして、クズな男からは告白されるのに、自分が良いなと思った男からは関心を持たれないというのが悩みだと言う。

性格はバラバラなのだが、入社以来、三人はずっと仲が良かった。

「ちょっと寝坊しちゃってさ」

と、朝子はまず、彩月の質問の方に答えた。

「わかった！　朝子、あの本、最後まで読んじゃったんでしょ？　それで睡眠時間なくなっちゃって、それで朝、寝坊したんでしょ？　そうでしょ？　そうって言って！」

加奈子がはしゃいだ声で言った。

確かに加奈子の推理がそのまま正解ではあるのだが、なぜ「そうでしょ？　そうって言って！」という話の流れになるのか、朝子にはわからなかった。

昨夜、明け方まで朝子が読んでいたのは、エリック・シーガルというアメリカの作家が書いた『ラブ・ストーリー』という小説だった。実は今、大垣の映画館では『ある愛の詩』という映画がヒットしていて、ロマンチックが大好きな加奈子は、当然のようにそれを観に行きたがった。朝子は、暗いところに座ると五分で寝てしまうタイプだったので、チケット代がもったいなくて映画は観に行かない。

ロマンチックが大好きで、すべからく女子は皆ロマンチックであれが信条の加奈子は、その朝子の態度が気に入らなかったらしく、そして映画の中の悲しい恋に号泣したらしく、

「朝子もこれ読んで、ちょっとは心を動かすってことを学んだ方が良いと思うの」

と言いつつ、映画館のロビーで売っていたというその映画の原作小説を朝子に手渡したのだった。その時、彩月は横でずっと、

「そんなの渡したって読まないって。映画も観ないやつが本なんか読むわけないじゃん。ストーリーだって絶対朝子の好みじゃないし」

と言っていた。

「好みじゃないって……このお話で泣かない人間は、もう『人』じゃないよ！」

と加奈子。

「え。私、映画泣かなかったけど」

と彩月。

「知ってる！　だから、彩月はある意味『人でなし』だし、だから恋愛だってうまくいかないと思うの」

と加奈子。明らかにカチンときた表情をする彩月。それで、朝子はその場を穏便に収めるために、

「うん。合うか合わないかわからないから、まずは読んでみるよ。ありがとね、加奈子」

と言って、その本を借りたのだった。

「で、最後まで読んだ？」

加奈子が畳みかけてきた。

「10ページくらいで挫折したでしょ？」

と彩月が言う。

「夢中になって、最後まで読んじゃったでしょ?」

と加奈子。

確かに、朝子はその本を最後まで読んだ。周囲に反対されながらも愛を貫くカップル。苦難を乗り越え、やっと幸せをつかんだら、今度はヒロインが白血病になって死んでしまう……好みではない。正直、全然朝子の好みではない。ただ、土曜の夜の食卓で母の良枝がカリフラワーとブロッコリーの栄養素の違いとかを話し出して、しかもたくさん作り過ぎたせいで日曜の夜の食卓にも同じブロッコリーカレーが出てきて、そのダブルパンチで今更考えても仕方のないことをたくさん考えてしまい、そうしたら夜の10時になっても11時になっても目が冴えて眠れなくなってしまったので、文字ばっかりの小説ならきっと睡眠薬代わりになってくれるだろうと思って読み始めたのだ。が、読んでも読んでも小説の世界に感情移入できず、代わりに、自分の恋の恰好悪い思い出ばかりがリフレインされてしまい、それで意地になって必死に集中して小説を読み続けたら、結果、朝の4

時35分になってしまったのだ。でも、それをそのまま説明するのは恥ずかしいし悔しいので、朝子は事実だけをシンプルに答えた。

「夢中とは違うけど、最後までは読んだ」

その瞬間だった。

「やった！　やった！　やった！」

と加奈子は飛び上がり、

「まじで？　朝子があれを？」

と彩月は絶句した。

「ごめん。話が全然見えないんだけど、なんであんたたち、朝からそんなにテンション高いの？」

朝子がそう質問するのと、始業のベルが鳴ったのがほぼ同時だった。彩月は、無言のまま悲しげに首を振り振り自分のデスクへと戻り、浮かれた加奈子はベルを無視して話を続けた。

「実は、賭けをしたのよ」

「賭け？」

「そう賭け。朝子が、あの小説、最後まで読むかどうか」

「は？　なんでそれが賭けになるの？　ていうか、何を賭けたの？」

「うふふふ」

加奈子は、幸せそうに身をよじった。そして、

「賭けに負けた方が、『彼女いますか？』って彼に質問しなきゃいけないの！」

「彼？　あ、もしかして！」

「そうよ！　今日のお昼、彩月が訊くのよ！　弁当王子に!!」

大きな咳払いが課長席から飛んできた。それでようやく、加奈子も自分のデスクに戻り、朝子は、今日の営業先のリストを開いた。まだすっぴんのままだったが、なんだか今日はもう、ずっとこのままで良いかという気分になってきた。それより、冬子に向かって空からアタックしたという弁当王子のことが気になった。

そして、思い出した。

（そういえば、私、今日はお弁当も持ってないじゃん）

そして、その日の昼休み。

11時半ちょうどに仕事のファイルをパタンと閉じ、朝子は立ち上がった。ほぼ同時に加奈子も立ち上がり、しばらく間があってから、彩月が（あーあ）と小さく口だけ動かしながら立ち上がった。三人でオフィスを横切り、行員用のロッカールームの前を通って通用口へ。そこからぐるっとビルを回るようにして、銀行正面の大通りに出る。大きな白いヴァンが通りの路肩に停まっていて、背の高い緑の街路樹が、ちょうどいい日除けを作っていた。ヴァンの横には『弁当販売』と書かれた紺色のノボリ旗。そして、既に十人ほどの列が出来ていた。

「わーお。すっごく人気あるのね。ここのお弁当」

朝子はいつもマイ弁当を持参していたので、この移動販売車を見るのは初めてだった。ヴァンの前には、白いキャップを後ろ前にかぶり、黒いエプロンを着けた背の高い男の子がいる。

「あれが、弁当王子？」

と、朝子は加奈子に訊いた。

「そうよ。恰好良いでしょ？　背が高くて」

と、加奈子。

「男は背が高きゃ良いと思ってるでしょ。加奈子は」

と、彩月。

「低いよりは高い方が良いでしょ？」

「私はあまり関係ないかな」

「じゃあ、彩月は弁当王子のどこが好きなの？」

「彼はね。会話が自然体なんだよね」

「何それ」

「男って、自分を大きく大きく見せようとするじゃない？　無理に恰好つけたりしてさ。そういう痛々しいところが、王子にはないんだよね」

「まあ、王子だからね」

「ふたりとも楽しそうね」

「朝子も、彼と話したら絶対にファンになるわよ」

「そうかな」

「きっとそうよ」

そんな会話をふたりとしながら、朝子は、列の最後尾から、弁当王子を観察した。並んでいる客からオーダーを取り、おかずの入っているプラスチックケースにご飯をよそい、輪ゴムをかけ、お金と引き換えにその弁当を手渡す。動きはキビキビしている。表情は常ににこやかだ。そして……ここが一番朝子が気になったところなのだが……すべての客に、

「お姉さん、今日もきれいっスね」

と、挨拶をしていた。客が二十代でも、四十代でも、もしかすると五十代の女性でも、彼は分け隔てなくそう挨拶をしていた。そして、言われた女性たちは、皆、嬉しそうなリアクションをしていた。

（そういえば、この弁当販売車、並んでるのみんな女性よね）

と、朝子は気がついた。

(こんな男が、冬子の頭の上から落ちてきたのか。へええ)

やがて、列は進み、朝子たちの番が来た。加奈子が、チラチラと彩月を見ている。彩月はまだ、弁当王子に例の質問をする決心がつかないようだった。それで、朝子が三人の中では先頭に出た。

「日替わり弁当の、『揖斐』、ください」

ヴァンの後部座席の窓ガラスに貼られたメニューを見ながら、朝子は注文をした。日替わり弁当には『揖斐』と『飛騨』の二種類があって、『揖斐』はお魚。『飛騨』はお肉の弁当らしかった。

弁当王子は、さっと魚の方の弁当箱にご飯を詰め始める。そして、朝子の方に向き直ると、

「あ。お姉さん、もしかして、初めまして、ですか?」

と訊いてきた。

「うん、そう。え? なんで、わかったの?」

そう朝子が訊き返すと、彼は笑いながら、

「だって、お姉さんみたいにきれいな人に会ってたら、絶対俺、覚えてますもん。今日はうちの弁当を買いに来てくれてありがとうございます」

と言って、まだご飯がホカホカに温かい弁当を、朝子の手の上にポンと載せてくれた。

「あ。まだ蓋《ふた》は閉じないでくださいね。ここにあと、揚げたての野菜の天ぷらが付きますから」

「あ、はい。けっこう豪華なお弁当なのね」

「でしょう？　味も良いですよ」

こうやって、直接言葉を交わすと、弁当王子はとても嫌味なく爽やかなタイプで、列の後ろの方から観察していた時より、印象は数段良い方向に変わった。

背後から加奈子が、

「ね？　ちょっとトキメクでしょ？　年下なんだけどさ」

と囁いてくる。

弁当王子は加奈子を見ると、

「お姉さん、今日もきれいっスね。今日はどちらのお弁当にしますか？」

と訊いた。

「えーと。先週の金曜日とは別の方」

加奈子は非常に面倒くさい注文の仕方をしたが、王子はニコッと笑うと、

「先週はお魚でしたから、じゃあ今日はお肉ですね。ありがとうございます」

と言って、またご飯をよそい始めた。先週の自分の注文を覚えていてくれたことが加奈子はいたく嬉しかったらしく、感嘆の長いため息を漏らした。

朝子は、先に弁当代の４００円ちょうどを小銭で揃えながら、

「君さ、この前、女の子と河原でぶつからなかった？」

と訊いてみた。

「ん？　何の話？」

加奈子と彩月がきょとんとした顔をしている。

「あれ？　何で知ってんスか？」

王子も、ちょっと驚いた顔になって訊いてきた。

「あれ、私の妹なんだ」

「へぇえ、そうなんだ。奇遇ですね。あ、あ、彼女、足の怪我は大丈夫でした？」

「足？　あー、あの絆創膏ね。あれ、君のなんだ。ありがとうね」

「ありがとうだなんて。そもそも、あれ、俺のせいですし」

と、ヴァンの中から、別の男の声がした。

「野菜天ぷら、追加、あがったよ！」

そして、天ぷらを大盛りに載せた銀のバットを手にした、四十歳くらいの男が顔を出した。青いペイズリー柄のバンダナを三角巾代わりにして、それを首の後ろで結んでいる。

「今日はブロッコリーとカボチャで栄養満点……あれ？」

朝子の顔を見て、男が止まった。

朝子も、男を見た瞬間から、いや、その声を聞いた瞬間から、驚きで身じろぎひとつ出来ずにいた。

「！」

「！」

ふたりの様子を見て、王子は、

「あれ？　おふたり、知り合いっスか？」

と、ごく普通の質問をした。と、いつの間にか王子の横には彩月が移動してきていて、

「ところで君、彼女はいるの？」

と、前置きなしに質問をした。妹のために、弁当王子がその質問にどう答えるのかをきちんと聞いておくべきなのだろうけれど、朝子の意識は、もうひとりの男に釘付けで、うまく気持ちを切り替えられずにいた。

「久しぶりだね、朝子ちゃん。元気だった？」

朝子の手の中にある弁当に野菜の天ぷらを載せながら、八木優仁は言った。

「朝子ちゃんが忘れてったハンカチ、まだ店に置いてあるよ」

4

鷺坂バラ園では、朝は母の良枝が、そして夕方は冬子が畑に水やりをするのがルールだった。畑は、家から見て、庭とビニールハウスを挟んだ西側に広がっている。500メートル四方の畑が、なんと六つ。その一つ一つに、何本もの長い畝《うね》と数えきれないほどのバラの苗。一般家庭の趣味の園芸などと違って、仕事としての「水やり」は、かなりの重労働である。

Tシャツと短パンに着替え、手袋をはめる。業務用に契約している水道の蛇口から延長に延長を重ねた青いビニールのホースを手に、バラたちに水をやる。畝の間を少しずつ進んでいくと、やがて、畑の片隅の、レンガブロックに囲まれた5メートル四方の小さな区画に到達する。実は、ここは、鷺坂バラ園の家業としての畑ではなく、冬子個人のものということになっている。今年2月の誕生日の朝、寝ぼけ眼《まなこ》で階下に降りていくと、光男と良枝が冬子を待ち構えていた。そして、そのまま畑まで連れて行かれ、この5メートル四方の区画を前に、

「これが、冬子への、今年の誕生日プレゼントだ！」

と宣言されたのだった。

「ちなみに、このブロックを積み上げたのは父さんだ」

そう自慢げに光男が言う。

（だから何なのだ）

と内心思ったが、それは口に出さないでおいた。

「ここでね、冬子。あなたはあなたの好きなバラを育てて良いのよ」

と、良枝が歌うような美声で言う。そして、

「私の誕生日には、ぜひ、冬子オリジナルのバラをプレゼントされたいわ」

と、満面の笑みでそう付け加えた。

良枝は、ここ数年、ただバラを育てるだけでなく、バラとバラを掛け合わせて新しい品種を作ることを始めていた。どうやら、それと同じことを、冬子にもやれと言っているようだ。

（これのどこが私への誕生日プレゼントなのだ）

と内心思ったが、それも口に出さないでおいた。


冬子が、空から落ちてきた弁当王子とぶつかりかけたあの日から2週間が経った金曜日。その日は、朝からよく晴れていた。ひと通り水やりが終わり、顔を上げたところで、冬子は、西側の端の未舗装道路に立って、冬子を見ている人影に気がついた。西日が逆光だったせいで、目を凝らしても顔はわからなかった。

人影は、冬子の視線に気がつくと、小さく手を振った。

どうやら、自分の知り合いのようだ。

そう思った冬子は、水を止め、その人影に近づいていった。

「……え?」

人影は、冬子にとって、一番意外な相手だった。二週間前に、ハング・グライダーと一緒に落ちてきた、あの男の子だったからだ。白いワイシャツと黒いズボンの制服姿で、冬子が近づいてくると、

「この前はごめんね。傷、大丈夫? もう治った?」

と彼は言った。

「あー、うん。もう全然大丈夫です」

思った以上に切り傷が深く、二週間経った今も風呂に入るとそれなりに染みたが、もちろんそんなことは言わなかった。男の子はホッとした表情になり、それから辺りを見回して、

「ここ、君の家だったんだね」

と言った。

「いっつもここを通るたび、すごいバラだなぁって思ってたんだ」

「そうなんだ」

何とリアクションして良いかわからなかったので、冬子は一番無難な相槌を打った。

と、男の子は、急に、斜めがけにしているスポーツバッグの中をごそごそと探りだし、そして、白い封筒を中から取り出した。

「これ」

「？」

冬子がキョトンとしていると、男の子はもう一度、

「これ」

と言った。そして、冬子の手に封筒を持たせ、

「今度の日曜日、池田山から飛ぶんだ」

と言った。

「え？」

「バイト代でさ。ついに、自分のハング・グライダーを手に入れたんだ。中古だけどさ。中古だけど、それでも、初めての『俺の』ハング・グライダー。その初

飛行を、今度の日曜日、池田山からやろうと思ってさ」

「……へえ」

それと、この白い封筒にどういう関係があるのかわからなかったが、あえて会話の腰は折らないことにした。なぜなら、ハング・グライダーの話をする彼が、あまりにも楽しそうだったからだ。

三十分くらい、そうして雑談をしていただろうか。いや、案外五分くらいだったのだろうか。冬子にはその時、時間の感覚がよくわからなくなっていた。突然、相手の男の子が、

「あ。俺、仕事の邪魔してるよね」

と言い出した。そして、冬子の、

「え？　ううん。全然」

という言葉を信じず、

「帰るわ。じゃ、それ、よろしくお願いします」

と言って白い封筒を指差し、そのまま本当に帰って行った。その変化があまり

に急だったので、冬子は何だか、とても寂しい気持ちになった。持ち上げられて、急に落とされたみたいな、そういう感覚にも似ていた。

ひとりになった冬子は、その白い封筒を開けようとした。

指先についていた土の汚れが封筒につき、冬子は、手を洗ってからにしなかった自分の浅慮を後悔した。

もう、汚してしまったものは仕方がない。

開く。中には、便箋が二枚、入っていた。

それは「招待状」だった。

その日の夜。夕食を囲む鷺坂家はとても静かだった。

光男と健司は、珍しく「夕食はなるべく家族全員で」という鷺坂家のルールを破って、名古屋に新しく出来た深夜0時まで遊べるバッティング・センターに出かけていた。どうしても、どうしても、どうしてもそこに行きたいと健司が駄々をこねまくったらしい。そして、朝子は朝子で、ここ最近、やけに「心ここにあらず」という雰囲気で、口数が極端に少なくなっていた。良枝は、そんな朝子をチラチラと見はするものの、何かを尋ねたりとかはしなかった。誰もテレビのスイッチをつけなかったので、プロ野球中継の、あの喧《やかま》しい鳴り物の音も今夜はしていない。

と、朝子が、すっと冬子のお椀を取ってそれを啜った。

「ちょっと」

「なに？」

「それ、私のお椀だけど？」

「え？　あ、そう？　ごめん、ごめん。じゃあ、これ、どうぞ」

朝子が、本来の自分のお椀を冬子に差し出す。

「ごめん。これもうほとんど食べ終わってるんだけど」

「あれ？　ほんとだ。ごめん、ごめん。お母さん、これ、お代わりある？」

「もう、お椀はいいよ。それよりお姉ちゃん、なんか今日、変だよ？」

「そう？」

「うん。ここんとこずっと変だったけど、特に今日は変」

「そうかな。冬子と同じくらいだと思うけど」

「は？」

「来たんでしょ？　弁当王子」

「え？」

「今日のお昼に言ってたもん。今日給料日で、今日の給料を頭金にしてハング・グライダーもう注文しちゃったって。で、その話をあんたにしに行きたいんだけど家の住所教えてくれって」

「え？」

「それで私が、『えー。ハングと冬子と何の関係があるの？』って訊いたら、『大アリですよ。だって俺、空から彼女の上に落ちたんですよ？』って言って、爽やかに笑うもんだから、加奈子も彩月も反応しちゃって、『え？　王子って、朝子の妹のことが好きなの』って、それはもうストレートに訊いちゃって」

「！」

心臓がドキッとしたのが、自分でもわかった。

が、突然饒舌《じょうぜつ》になった朝子は、そこまで一気に喋ると、また黙々とした食事に戻った。冬子は、朝子の次の言葉をじっと待っていたが、朝子にはそれ以上話すつもりがなかった。良枝のつけた沢庵《たくあん》に箸を伸ばしながら、

「答え、気になるんなら、自分で訊けば？」

と意地悪く言った。

「全然、気にならないし」

冬子はそうムキになって言った。

「あっそ」

と、朝子。

「だって、あいつ、チャラチャラしてるでしょ？　誰にでも『きれいですね』『かわいいですね』とかお世辞言う男だって、お姉ちゃんそう言ってたじゃん」

「まあ、ね。でも、あんたには『きれい』とか『かわいい』とか、言わないんでしょ？　それって、どういう意味なんだろうね」

「は？　別に意味とか興味ないし」

「あっそ」

「本当に興味ないから」

そう言いながら、冬子は立ち上がった。料理はまだ半分近く残っていたが、何となく食欲はなくなっていた。

「あら？　もういいの？」

良枝が尋ねる。

「うん。私、お風呂、最初に入るね」

そう言いながら、冬子は、自分の皿をキッチンに運び、それから風呂場に行って浴槽に湯を沸かし始めた。朦々《もうもう》と立ち上がる湯気の中に、今日の男の子の顔が浮かんだ。封筒の表には、『鷺坂冬子さま』と書いてあって、裏には『鷹野蒼太』と書いてあった。あの男の子は、鷹野蒼太という名前だった。だからどうした。なぜ私は、こんなにイライラしているのだろう。そんなことを思いながら、冬子は、じっと、浴槽に流れ込む水を見ていた。

5

朝子が、妹の冬子に、少しだけ意地悪をした鷺坂家の夕食。

その少し前の話を少ししたいと思う。


「朝子ちゃんが忘れてったハンカチ、まだ店に置いてあるよ」

そう八木から言われたのが、月曜日の昼。

「え……一年以上取っておいてくれたんですか？　捨ててくれても良いのに」

とわざと明るく答えたら、

「何言ってるんだよ。あれ、死んだお祖母《ばあ》ちゃんが刺繍《ししゅう》してくれたハンカチだって言ってたじゃないか」

と咎《とが》めるように言われ、朝子は黙り込んだ。そうなのだ。あのハンカチは、まだ朝子が小学生で冬子は幼稚園児だった時、死んだ祖母がバラの刺繍をしてプレゼントしてくれたものだった。

「そこの銀行に勤めてたんだ。知らなかったよ。明日、持ってくるね」

そう八木に言われ、

「いいです。いいです。今度、私が店に行きますから」

と、朝子は反射的に答えていた。

もう店には行かない、八木にも会わないと、あんなに固く決意したはずだったのに。

それが月曜日。

翌日の火曜は、弁当は家から持参した。

八木のヴァンのところには行かず、夜も残業した。

その翌日の水曜も、弁当は家から持参した。

八木のヴァンには行かず、夜も残業した。

そして、その翌日の木曜。

悶々《もんもん》とした気持ちに耐えきれなくなり、その日の夕方、朝子は銀行を定時に上がった。

「あれ？　今日は早いね、朝子。なんか用事？」

そう尋ねる彩月に、

「まあね」

とだけ言って、朝子はひとり、八木の店に向かった。


店の名前は『BAR COZY』。訪問するのは1年半ぶりだ。朝子がまだ営業ウーマン一年生だった時、外回りの途中で道を間違え、取引先があると勘違いして入ったビルの二階の奥に、その店はひっそりとあった。

朝子は、もともと、社会人になったら、「バー」という所に行ってみたいと思っていた。

あえて、ひとりで。

自分の稼いだお金で。

そういうのって、なんだか恰好良さそうではないか。

たまたま見つけたのも何かの縁だろうと思い、それで後日、朝子はひとり、仕事帰りにわざわざ『BAR COZY』を訪ねたのだった。

あまり、動きがスムーズでなさそうな鉄製の扉。外から、店の中の様子を見ることはできない。ただ「OPEN」と柘植《つげ》の木に彫られた四角いプレートが、ドアの中央に掛けられているだけ。勇気を持ってそのドアを引っ張ると、中から、ピアノのレコードの音が小さめに聞こえてきた。

「こんばんは」

そう言いながら、朝子は店の中へ進んだ。

店の右側には、七人くらいしか座れないカウンターに、少し背の高い木のスツール。左側には、ふたりが向かい合って座るだけの丸いテーブルが三つと、肘掛けのないシンプルな木の椅子。『BAR COZY』は、それだけの小さな店だった。そして、その店のカウンターの奥に、マスターである八木優仁がいた。第一印象は『ちょっとくたびれたおじさん』。ただ、そのくたびれた感じのおかげで、朝子は自分の緊張がすぐにほぐれたような気がした。

「いらっしゃいませ」

温かみのある声だった。

(見た目はおじさんだが、この声は好きだな)

そう思ったことを、朝子は今もよく覚えている。

あれから2年。

店に通うのをやめてからは1年半。

少しは変わっているだろうかと思ったが、店のドアも、それに掛けてある「OPEN」と彫られた柘植の木の四角いプレートも、まんま以前と同じだった。

最初にここに来た時とは別の勇気で、そのドアを引っ張る。と、中から、八木が好きでずっとかけているピアノのレコードの音が聞こえてきた。

今は、朝子も、このピアニストが誰か知っている。

ビル・エヴァンス。曲は「マイ・フーリッシュ・ハート」。愚かなりし我が心。

「こんばんは」

そう言いながら、朝子は店の中へ進んだ。

店内にも、何の変化もなかった。カウンター。スツール。丸テーブル。木の椅子。そして、カウンターの奥に、八木。バーにしては、やや少ない本数のウイスキーのボトルを背にして立っていた。黒いベストが少しくたびれていたが、白いワイシャツにはきちんと糊《のり》がきいているようだった。

「いらっしゃいませ」

朝子の大好きな声だった。

(前より恰好良くなっている気がするのは、私の気のせいかしら)

そんなことを朝子は思った。

気のせいに決まっている。そのくらい、朝子は理解している。1年半会わなかったくらいでは、朝子の気持ちは冷めなかった。それだけのことだ。会わなかった分、逆に気持ちが強くなっている気すらした。

（でも、忘れちゃダメよ）

そう朝子は自分に言い聞かせる。

目の前の男は、優しく、話題も豊富で、しかも話し方がウィットに富んでいて面白く、それでいてお喋りな男ではなく、さりげなく紳士で、聞き上手で、説教くさいことは決して言わず、時々わざとバカなふりをして朝子を笑わせてくれる。

そして、結婚している。

中学、高校とずっと同級生だった女の子と、24歳で結婚をした。

子供もふたり、いる。

顔を上げ、本日最初の客が朝子だったことを知ると、八木は、嬉しそうに目を細め、お通しの仕込みを一時中断した。そしてもう一度、先ほどよりグッとゆっくりめの話し方で、

「いらっしゃいませ」

と言った。朝子は、カウンターの一番奥のスツールに座った。以前、この店の常連だった時、朝子はいつもこの席に座っていた。ここから、八木がいろいろな客に酒や料理を作る姿を見ているのが朝子は好きだった。座るとすぐに、朝子の前にコースターと水と、そして朝子が一年半もの間この店に置きっぱなしにしていたハンカチが出された。淡いイエローの無地のハンカチに、今は亡き祖母の小さなバラの花の刺繍。それはきちんと洗濯され、シワにならないよう丁寧に折り畳まれていた。

「ありがとう、マスター」

朝子は礼を言って、そそくさとハンカチを自分のバッグの中に入れた。

「何を飲む?」

八木が訊いてくる。

これが、「何か飲む?」という質問だったら、「いいえ、今日はハンカチを取りに来ただけなんで」と答えて、そのまま店を出るつもりだった。でも、「何を飲む?」と訊かれたら、それは何かを飲む前提ではないか。昔のように。いやいや。

何を考えているのだ私は。本気でハンカチを受け取るだけのつもりなら、店の入口のところにずっと立っていれば良かったのだ。わざわざ、カウンターの一番奥のスツールに自分から座ったのだ。すぐに帰る人の行動じゃない。八木が「何を飲む?」と朝子に訊くのは当たり前だ。そんなことを猛スピードで頭の中で叫びながら、八木に対してはさも普通の感じで……何をもって「普通」というのか、もちろん朝子自身わかっていなかったが、それでもとにかく「普通」を目指して……、

「じゃあ、久しぶりに、マスターのおすすめを」

と言った。

「ふむ」

八木はじっと朝子を見た。朝子はドキリとして一度目を逸らしたが、逸らし続けているのも不自然な気がして、自分からもう一度、八木を見た。おすすめを、と頼むと、八木はその客を少し観察する。そして、その時の客の気分(八木はそれを「空気感」と言っていた)に合わせて、即興のカクテルを作ってくれるのだ

った。

「ＯＫ」

数秒後、八木はそう言って、朝子のための酒を作り始めた。数種類のボトルからブレンドしているが、それが何かは朝子は見なかった。八木はシェーカーを手際よく振り、そして、ショートグラスに、微かに白く濁った液体を注ぎ、朝子の前に出した。

「霧を、表現してみました」

そう八木は言った。

「霧？」

「うん。朝子ちゃんが、何かにモヤモヤしているように見えたんだ。何ていうか、霧の中にいるみたいにね」

「……」

「でもね。ぼくは、霧は霧で、素敵なものだと思うんだ。いつもいつも、ピーカンばっかりの毎日だと人生は味気ないでしょう？　なので、『その霧もポジティブに楽しんでみて』という気持ちを込めて作ってみました。どうぞ」

「……」

「あれ？　的外れだった？」

朝子が何も言わないので、そう八木は訊いてきた。朝子は、

「マスターは、けっこう的外れなこと多いですよー」

と答えながら、そのカクテルを口に運んだ。

「！」

予想に反して、そのカクテルは苦かった。以前、この店に来た時はたいてい朝子には甘い酒が出てきたし、今回の「ポジティブに楽しんで」という言葉からも、きっと甘い酒だろうと思っていた。

もう一口飲む。

苦い中にも、ベリーだろうか、ふくよかな香りで、とても美味しかった。それをどう伝えようか朝子は迷ったが、八木は朝子の感想にはあまり関心がないようで、いつの間にか、お通しの仕込み作業に戻っていた。

じっとそれを眺める。

やがて、小鉢のひとつにそれを入れ、

「順番逆になっちゃったけど、お通しです」

と言って、八木は朝子の前に置いた。

洋のカクテルに、和なお通し。だけど、八木の店では、ちゃんとそれで調和が取れているのだった。今日のお通しはブロッコリーだった。それを齧り、苦いカクテルを飲む。緑色の野菜は、とても甘く感じられた。

そのまま八木は何も話さず、朝子も何も話さないので、八木がかけるジャズのレコードだけが、新しく始まり、B面になり、また新しく始まっては、またB面になりしていた。

やがて、カウンターの隅の電話が鳴った。

「はい。『COZY』です……え?」

電話に出た八木の雰囲気が、急に変わった。表情が硬くなり、声色も硬くなり、早口になり、ただ声量はグッと小さくなったので、誰と何を話しているのかはわ

からなかった。聞き取れたのは、

「わかった。とにかく、すぐ行くから」

という最後の言葉だけだった。

電話を切る。そして、朝子のことを見る。朝子はずっと八木を見ていたので、当然、目は合った。八木は、数秒ほど逡巡していたが、やがて、

「朝子ちゃん。ちょっとだけ、図々しいお願いをしてもいいかな？」

と訊いてきた。

「？　はい、何ですか？」

「実は、急用が出来てしまって。少しの間、店番をしててくれないかな？」

「え？　私が？」

「お客さんが来たら、んー、そうだな……小一時間で戻るって言ってましたって。まあ、いつもの感じだと、この時間帯は誰も来ないと思うんだけど」

「いいですけど……何があったんですか？」

深刻そうな八木の表情を見て、朝子は、ひとりでここで店番をすることよりも、

そちらの方が心配になった。

「あー、うん。ちょっと、子供がね」

八木は、少しだけ、奥歯にものの挟まったような言い方をした。それで、朝子は、それ以上何も尋ねないことにした。

「冷蔵庫のビールとか。つまみとか。好きに飲んだり食べたりしてくれて良いからね。ごめん。よろしくお願いします」

八木はそう言うと、手早くエプロンを外し、素手に免許証と財布だけを持ち、そのまま店を出ていった。

ポツンとひとり、朝子は店に残された。

時計を見ると、時刻はまだ6時半にもなっていなかった。『BAR COZY』は、食事をする店というより、どこかで食事をした後の二軒目、というタイプの店なので、確かにこのくらいの時間なら他に客は来ないだろう。カウンターのボードに並ぶボトルのラベルでも眺めながら、ただ、ぼんやりしていれば良いよね、と朝子は思った。

（子供、か）

子供がふたりいることまでは知っている。今、いくつだろうか。今の電話は、子供本人からだろうか。それとも奥さんからだろうか。やけに、短い電話だった。あんな短い電話で、必要なことをちゃんと全部話せるものだろうか。

そんなことを朝子は考えた。

そしてすぐに、（やめよう。違うことを考えよう）と思った。せっかく、半年通ったこの店にひとりで店番をしているのだ。いろいろと探検をしてみよう。その方が、時間の使い方としてポジティブだ。そんな風に考えた。

朝子は立ち上がると、まずは、カウンターの中に入ってみた。冷蔵庫を開けて好きに飲み食いして良いと言われたのだから、当然、カウンターの中に入るのはOKのはずである。ここに入らないと冷蔵庫まで行けないのだから。そして、いつもの八木の位置に立ち、そこから店全体を眺めてみた。

（なるほど。こちらから見ると、カウンターの客との距離感はこんな感じなんだ。なかなか新鮮だな）

カウンターの下側を覗いてみる。さっき八木が外したばかりのエプロンがある。ちょっと着けてみよう。少し朝子には大きいが、そこはまあ良いだろう。着けた。楽しい気分になってきた。

背後を見る。上段。ボトルの入った棚の右の一角が、店のBGM用のレコード置き場になっている。朝子はまだ、そのコレクションを見たことがなかった。端から見てみよう。取り出す。黒人トランペッターの顔がドーンとアップのジャケット。トランペッターの背景も真っ黒。全体にとにかく真っ黒なのだが、小さくクレジットされたそのアルバムのタイトルは、

「Kind of Blue」

と書かれていた。

(全然ブルーじゃないじゃんね)

そんなことを思いながら、裏側を見る。一曲目が、

「So What(それがどうした?)」

という曲名なのを見て、思わず朝子は笑ってしまった。

どんな曲なのだろう。よし。今、かかっているビル・エヴァンスが終わったら、次はこれをかけてみよう。そう思ったところで、カランコロン、と店のドアベルが鳴った。

（え？　もう帰ってきた？）

そう思って、慌てて振り向く。店に入ってきたのは八木ではなく、スーツ姿の見知らぬ男性の二人組だった。

「い、いらっしゃいませ」

とっさに、そう挨拶をする朝子。

「テーブル席、良い？」

先に入ってきた、恰幅のいい丸顔の男性が訊いてきた。

「どうぞ。どうぞ。あ、でも今、マスターが外出中で、何もお出し出来ないのですが」

「え？　そうなの？　君じゃ無理なの？」

「はい。私も、実は、ただの客でして」

そう朝子が答えると、客はとっても奇妙な顔をした。それはそうだろう。カウンターの中にいて、エプロンまでしているのに、ただの客だと言うのだから。それで慌てて、

「ええと、マスターはお子さんのことで急用が出来たみたいで、少しの間だけ店番を頼まれまして。お客様がいらしたら、1時間くらいで戻りますと伝言してくださいと言われてます。すみません」

と早口で言った。言ってから「お子さんのことで」は余計な情報だったかなと反省した。最後になぜ「すみません」という言葉を付け足したのかは、自分でも謎だった。とにかくとっさにそう言ってしまった。それから、

「あ。お通しだけは、ここに出来ているのでお出しできます。あと、冷蔵庫にビールはあります。すみません」

という情報も付け加えた。なぜ、もう一度「すみません」と言ってしまったのかは、自分でもよくわからなかった。

丸顔の男は、後ろにいる部下風の若い男に、

「ビールでいいか?」

と訊いた。若い男は、丸顔男の部下だろうか。

「はい。大丈夫です」

とかしこまって答えた。「大丈夫です」って変な言い方だな、と朝子は思った。そういう答え方をする人間は朝子の銀行にもたくさんいるが、「大丈夫です」は「ビールはそんなに好きではないですが我慢するので大丈夫です」という風に朝子には聞こえる。「昼飯、一緒にどうだ?」「はい。大丈夫です」という会話も「昼飯、一緒にどうだ?」「はい。せっかくの昼休みを上司と一緒にランチなんてちょっと憂鬱ですが、我慢出来ないほどでもないので大丈夫です」という風に朝子には聞こえる。そんなことを内心思いながら、朝子は男二人組の座った丸テーブルのところまで、八木が仕込んでいたお通しを小鉢に入れて持っていった。

「ありがとう、お嬢ちゃん」

そう丸顔男は言い、それから
「マスター、子供まだ小さいってこの前言ってたもんな。何があったんだろ。心配だね。男手ひとつで子育てって、本当に大変だろうなあ」

と、まあまあ大きな声で言った。

「え？　子供いるのに奥さんいないんですか？」

向かい側に座った若い男が訊いた。

「離婚だよ。出てったんだって。奥さん」

丸顔男が言う。

「この前この店に来た時、『結婚とは最高か最低か？』みたいな話で客同士で盛り上がってね。で、マスターにも訊いたのさ。『マスターって結婚してるの？』って。そしたら『してたんですけど、出ていかれちゃいまして』って笑って言ってたよ」


離婚？

奥さんが出ていった？

どちらも朝子には初耳だった。

もしかして、もしかして、もしかして、慰謝料とか養育費とか、そういうお金のために、今はこのバーだけじゃなくて、昼間はお弁当の移動販売なんてこともしているのだろうか。いや、いや、いや、そんなことより、なぜ奥さんは彼を捨てて出ていったのだろうか？　奥さんの浮気？　それとも彼の浮気？

そんなことを猛スピードで考えながら、朝子はカウンターに戻り、冷蔵庫からキリンビールの大瓶を出し、グラスふたつとともに再び丸テーブルまで運んだ。

「ありがとう、お嬢ちゃん」

丸顔男は、二回目も丁寧にお礼の言葉を言ってくれた。

「どういたしまして」

そう言って朝子は微笑んだが、たぶん、その笑顔はぎこちなかったと思う。

7時半に、店の黒電話が鳴った。

朝子はちょっと迷ったが、店番としてその電話に出た。「今夜、営業してますか？」みたいな電話だろうと思ったのだが、受話器の向こうから聞こえてきたのは八木の声だった。

「ごめんね、朝子ちゃん。まだちょっと店に戻れそうになくて。お客さん、誰か来ちゃった？」

「はい。ええと、小坂さんという方が、会社の若い方と一緒にお見えです」

「あー、そうなんだ……」

「とりあえず、ビール二本お出ししてます。あと、お通しと、乾き物も見つけたので出しました」

「ありがとう。朝子ちゃんもお客さんなのに、ごめんね」

八木はどこからかけているのだろう。公衆電話だと思うのだが、やけに彼の周囲が静かに感じられた。朝子は、勇気を出して言ってみた。

「マスターの方は、大丈夫なんですか？　何か他に、私に手伝えること、ありますか？」

6

鷹野蒼太が「招待状」を手に鷺坂バラ園に来てから、三回目の日曜日の朝が来た。

その日、冬子は日の出の直前に目が覚めた。カーテンを開ける。少し朝靄《あさもや》はかかっていたが、先週、先々週とは異なり、雨は降っていなかった。あと少しすれば、太陽と一緒に気温も上がり、この靄は消えるはずで、ということは、ついに今日が二週遅れの「決行の日」になるということだ。

冬子はまず、昨夜のうちに選んでおいた水色のトレーナーと、白いホットパンツに着替え、いつもより丁寧に三つ編みを結った。そして、階下に降りる。階段の下に置いてある鷺坂家の黒電話をチラリと見る。先週と先々週は、前日の土曜の夜に、

「雨になりそうだから、たぶん無理だ。残念だけど延期する」

という鷹野からの電話がかかってきた。

しかし、今週は何もない。この時間まで何もないのだから、あとはただ行くだけだ。

夏とはいえ、山の上は肌寒い。空の上だと更にグッと寒いらしい。

台所に行き、昨夜遅くにこっそり仕込んでおいた野菜スープの鍋を、もう一度火にかけて温める。1分もしないうちに、湯気が立ち始め、野菜のあまい香りが立ち上ってくる。そういえば、スポーツをした後は、塩分が濃いめの方が美味しく感じるとどこかで読んだ気がする。味見をした感じではちょうど良いと思ったが、念のため、塩と胡椒をほんの少し追加してみた。そして、ガスの火を細くして、出発ギリギリまで煮込むことにした。

冬子の住む大野町の隣は池田町といい、ここには池田山という、近隣の小学校が必ず遠足の目的地にする、標高923・4メートルの山がある。山の東側が、ひたすらドーンと大きくひらけていて遮るものが何もない。天気の良い日は金華山も御嶽山も日本アルプスも見えるし、夜景の素晴らしさは（冬子はまだ夜に池田山に登ったことはないので自分の目で見たことはまだないが）、岐阜だけでなく、東海地方全体でも文句なしのチャンピオンと言われているらしい。

その池田山の麓《ふもと》。

登山道の入口から2キロほど田園地帯の方に戻ったところが、鷹野からもらった「招待状」に指定されていた場所だった。

色鉛筆で丁寧に作られた招待状。

地図の横に、『ここから離陸台が見えるヨ』と、吹き出しメモが書かれていた。

朝の7時半。

野菜スープを魔法瓶に詰め、自転車に乗る。目的地までは、三十分もかからない。家から西の方角にある池田山に向かって、ずっとまっすぐに走るだけだ。

小さな川を渡り、大きな川を渡り、大野町から池田町へ。

住宅街を抜け、青々とした田園地帯に。その中の一つに、休耕田らしく、土が剝き出しになったままの数百メートル四方の場所があった。片隅に、錆びた鉄製のパイプベンチが、三つほど置かれていて、その横に、「池田スカイクラブ・ランディング場」という木の看板が設置されていた。

(ここ、か……)

どうやら、ここが目的地で間違いなさそうだった。

池田山は、もう、すぐ目の前である。

冬子は、自転車の前かごに入れてきた鞄から魔法瓶を取り出し、蓋を開けて湯気が立ち上るのを確認して、また閉じた。ベンチの座面の汚れをハンカチで拭いてから座る。そして、池田山の山頂付近にあるという離陸台を……鷹野が今日、生まれて初めて、自分のハング・グライダーで山から飛ぶ、そのスタートとなる離陸台を、目で探し始めた。

「俺さ。ついに手に入れたんだ。翼を。自分の翼を。講習用の借り物なんかじゃない。毎日バイトして、お金貯めて、海外のショップとだって、自分で辞書引きながら英文でやり取りして、そうやって、ようやく手に入れたマイ・ハング・グライダー♡　超カッコいいんだよ。ブルーの翼が、まるで空に溶けるように見えると思うんだ」

そう冬子に語る鷹野の目は、まるで幼稚園児のようだった。

「日曜なら、マスターが車で俺を山頂まで運んでくれるって言うからさ。だから初フライトは日曜限定なんだよ。1日でも早く飛びたくてウズウズしてるのに」

「そうなんだ」

「でも、冬子ちゃんも、日曜なら学校ないから、俺の初飛行、見にきてくれるでしょう？　そう思えば、まあ、最初は日曜でやっぱりいいかなって」

そう、さらっと鷹野は言った。「行く」ときちんと返事をしたわけでもないのに、鷹野は最初から、冬子は来てくれるという前提で話をしていた。なぜだろうな、と冬子は少し不思議に思う。

離陸台はすぐに見つけられた。

山頂の、ほんの少し下側にある池田山公園の右端に、それはあった。冬子のいる場所からは、5ミリ四方の小さな紙片のようにしか見えない。あんなところから、人が飛ぶのか。とてつもない勇気だなと冬子は思った。

「俺には翼があるんだ」

彼は、そう言っていた。

頑張れ、鷹野くん。

「山頂からランディング・ポイントまで、ウネウネした道だから、クルマでも30分くらいかかっちゃうんだ。だから、両方見てもらうのってちょっと難しいんだ」

彼は、そうも言っていた。

ここから見ると、とても近く感じるけれど、実際はけっこう遠いんだね。

頑張れ、鷹野くん。

「飛び立つ時の方が派手なんだけど、大事なのは、ちゃんと地面まで帰ってくるってことでしょ。だから、迷ったんだけど、冬子ちゃんには、ゴールで待ってて欲しいな」

彼は、そうも言っていた。

さらっと簡単に言いやがって。

私、ちゃんと来たよ。待ってるよ。


時計を見る。

8時15分。そろそろのはずだ。このくらいの時間で、ほどよい向かい風の時に……（追い風ではダメで、ほんの少し向かい風が吹いていると、助走の時にふわっと機体が持ち上がって、スムーズな離陸が出来るらしい）……タイミングを見計らって飛び立つよ、と言っていた。

ベンチから、じっと離陸台を見つめる。

離陸台の上に、青い点のようなものが現れた。

あれか。あれだろう。なんて小さい。

じっと見つめる。更にじっと見つめる。

そのまま5分近くが経過。

ずっと、青い点はそこで静止していたが、突然、音もなくふわっとそれは飛び上がった。

「！」

離陸した。

青いハング・グライダーが離陸した。

それは、まっすぐ崖の上に飛び出し、それから、冬子から見て左の方に大きく曲がった。そして、そのまま時計回りに旋回しつつ、徐々に徐々に高度を上げていく。

すぐに、飛び立った離陸台の高さを超え、池田山の山頂の高さも超えた。空に浮かぶ、白い雲たちより更に上に彼が飛んでいっているように冬子には見えた。

気がつくと、冬子は、魔法瓶を握り締めたまま、ベンチから立ち上がっていた。

鷹野の乗る青いハング・グライダーは、その後も旋回しながら上昇し、やがて、空の青に溶けてしまい、冬子には、鷹野がこの大空のどこにいるのか、わからなくなってしまった。

そのまま、30分くらい、冬子はひとりで待っていた。

と、池田山の方から白いヴァンが来て、冬子の待つベンチの前に止まった。中から男と女が降りてくる。男は、40歳くらいだろうか。サングラスをかけている。そして、女の方はなんと、姉の朝子だった。

「冬子！　やっぱり来てたか！」

それが、朝子の第一声だった。

「やっぱりって何よ。ていうか、お姉ちゃん、なんでここにいるの？」

「なんでって、そりゃ、弁当王子の応援に。ほら、私も時々は、弁当王子のお客さまだからさ。ね、マスター？」

マスターと呼ばれたその中年の男性は、朝子の問いには答えず、サングラスをつけたり外したりしながら、空ばかり見ている。

「え？　じゃあ、鷹野くんが飛び立つところ、見てたの？」

「うん。恰好よかったよ。颯爽と飛んでった。冬子にも見せたかった」

そう朝子は、悪戯《いたずら》っぽく言った。もちろん、冬子も見たかった。が、鷹野本人が言ったのだ。離陸と着陸、両方いっぺんに見るのは多分無理だと。離陸を見ていたら、車が山から降りてくる前に、ハング・グライダーの方が先に着陸してしまうと思う……あれ？

冬子は、胸がザワッとするのを感じた。

なぜ、鷹野はここに降りてこないのか。

それを、マスターと呼ばれた男の人に尋ねる前に、彼がポツリと言った。

「蒼太のハングがいない……」

梅雨の終わり。あるいは、夏の始まり。
私は、大きな川の近くに建つ、岐阜のとある図書館で生まれた。
でも、彼の青い翼が、大空の青の中に溶け、
私の時間は止まってしまった。

夏が終わり、
秋が来て、

冬が来て、
そしてその冬が終わって、また新しい春のバラが咲く季節になっても、
私の時間は止まったままだった。

私はずっと、ひとつっきりの記憶を思い返す。
シュッ、シュッ……シュッ、シュッ……
彼が紙の上を滑らせる、青の色鉛筆の音。

「俺、青が好きだからさ。
川の水って青いでしょ。
海も青いでしょ。
そして、空はとことん青いでしょ。
世界は、美しい青でできてるって思うんだ」

私は待った。
再び時は動くだろうか。
きっと動くだろう。
だって、私はもう生まれているのだから。
しかし、その年も、その翌年も、私の時は動かなかった。

そうして、11年と1か月が経った。
1982年8月。
彼女は27歳になっていた。

「蕾」の章

1

揖斐川沿いの土手道を、白い軽トラックで走る。大きな入道雲の向こうから飛んでくる強い日差しのせいで、車の中は蒸し風呂のように暑かった。顎《あご》の先から、ジーンズの上に汗がぽたりぽたりと落ちる。ゴーゴーとやかましいだけのクーラー。ダッシュ・ボードの吹き出し口に手を当てると、エンジンに熱せられた風がそのまま出ている。諦めてクーラーを切り、窓を開ける。が、外から入ってくる風も、負けず劣らずの熱風だった。

（買い替えないといけないのかな）

光男が乗り、良枝が乗り、18歳で免許を取ってからは冬子も頻繁に乗るこの車の走行距離は、もう20万キロを超えている。

「さすがに、そろそろ寿命ですよ」

そう申し訳なさそうに微笑んだ修理工場のメカニックを思い出す。「寿命」という単語を使われて、あの時、冬子は胸が苦しくなった。

今、冬子は、北揖斐総合病院に向かっている。一か月ほど前から、母親の良枝が二度目の入院をしているのだ。午前中にバラの苗の配達を済ませ、時間の節約のため、ランチは車中で食べようと玉子サンドを買った。でも、赤信号の時に一口だけ齧って、そのまま鞄に入れてしまった。この暑さでは早く食べないとダメになってしまうかもしれないが、食欲がどうしてもわかなかった。

川沿いを4キロほど走ったところで、緩い坂道を斜めに降り、二車線の幹線道路にぶつかったらそれを左に。と、すぐに、北揖斐総合病院への案内板が出てくる。次の交差点を左。そして、すぐにまた右。何度も何度も良枝の見舞いに通っているせいで、目を瞑《つむ》ったままでもこの病院の駐車場まで来られる気がする。

空きスペースに車を停め、面会者用の入口で面会バッジを受け取る。

廊下。

エレベーター。

消化器内科病棟の入っている三階で降りると、直進して突き当たりにナース・ステーション。

そこに持参の菓子折りを届け、それから右へ。

進んで三つ目にある四人部屋の右奥の窓際に、良枝のベッドはある。

冬子が病室に入ったところで、

「冬ちゃん！　冬ちゃん！　良いとこに来た！　栗きんとん食べへん？」

と、甲高い声が飛んできた。振り返ると、中沢加奈子が福々とした笑顔で手を振っていた。

「あぁ、加奈子さん！　いらしてたんですね！」

冬子も頑張って笑顔を作る。加奈子は、姉の朝子の元同僚だ。実は、良枝の隣のベッドに入院している藤川和子さんが偶然にも加奈子の叔母で、それで冬子は、ここ最近、よく姉の旧友とこの病室で顔を合わすのだった。

「せっかくお見舞いに持ってきたのに、叔母さん、『飽きた』とか言うのよ」

加奈子はそう言って口を尖らす。

「あんたはいつもたくさん買いすぎなのよ」

そう藤川さんが言うと、

「良いじゃない♪　たくさん食べるのは健康の証拠よ♪」

と、良枝が歌うように言った。

「お母さん。お花持ってきたよ」

そう言って、冬子は、抱えてきたバラの花束を、ベッドの上の良枝の目の前に出した。良枝は、それを受け取ると、静かにその香りをかいだ。

「ほら、冬ちゃんも一個よろしく」

そう言って、加奈子が栗きんとんのぎっしり詰まった紙箱を差し出してくる。

「ごめんなさい。美味しそうなんだけど、ちょうどお昼ご飯食べたばっかりでお腹がいっぱいで」

冬子は、そう嘘をついて辞退した。

「えー。甘いものは別腹じゃないの？」

また加奈子が口を尖らす。最初に会った時よりきっと何キロか太っていると思う。加奈子の頬のあたりはパンパンである。

「そんなこと言ってるから、デブに歯止めがきかないのよ！」

藤川さんがまた辛辣に言う。

「良いじゃない♪　加奈子さん、これからは二人分、栄養が必要なんだから♪」

と、良枝がまた歌うように言った。

「え？　ふたり分？」

冬子が驚くと、加奈子は小さくVサインをした。そして、

「ようやく、安定期に入ったの。結婚では朝子に先を越されたから、子供は絶対先に産みたかったんだよね。へへ。勝ったぜ」

と言って、嬉しそうに笑った。

（それ、もともと１００％加奈子さんが勝つ勝負ですよ）

そう冬子は心の中で呟いた。

朝子は、７年前に結婚した。二回り近く年上の、バツイチで、子供が二人もいる男性と。あれはいつだったか。用事で実家に帰ってきた姉と、珍しく居間で二人きりになった。朝子はその時、友人の浜島彩月の家が造った新酒のしぼりたてを飲んでいた。

「あんたも飲む？」

そう言われて、一口だけ飲んだ。爽やかな酸味に、微かな発泡があって、とても美味しかった。と、唐突に、

「私、子供は産まないから」

と朝子が言った。

「え？」

「あんた。耳悪いの？」

「どうしたの、急に」

「別に急じゃないわよ。前から考えてたけど、言うのに良いチャンスがなかっただけ」

「……」

何と答えて良いのかわからなかったので黙っていた。朝子は、彩月の家の酒をもう一杯注ぎ、ゆっくり味わいながら飲んだ。それから、

「何度か話し合ったんだけどさ。うちにはもう二人も子供がいるわけで。私だって、ちゃんとふたりのママになりたいわけで。ここで三人目作ってややこしくしちゃうより、産まないって決める選択もありかなって」

「そうなんだ」

「そう」

「どうして、それ、わざわざ私に言うの？」

「……どうしてだと思う？」

朝子は、もう一杯、酒を注いだ。答えはおおよそわかっていたが、今度もまた冬子は沈黙する方を選んだ。朝子はそんな冬子の様子に「フン」と鼻を鳴らし、

そして、

「意味なんかないわよ。ただ、何となく言っただけ」

と言って、また酒を飲んだ。

「朝子は今どうしてるの？　旦那の商売は順調？　たまには日本に帰って来るの？」

加奈子が立て続けに訊いてくる。

「ぜんっぜん帰ってこないのよ。日本食のお弁当が大当たりで大忙しだって。ね？　冬子」

嬉しそうな口調で良枝が答える。そういえば、朝子が結婚すると言い出した時も、夫とふたりでニューヨークのセントラル・パークで移動式弁当屋を始めると言い出した時も、最初に賛成したのは良枝だった。そして、年齢差とかバツイチとか海外移住とか、そういう単語に動揺する光男をうまく説得したのも良枝だった。いつだって、娘の味方をするのが良枝だった。だから、朝子のビジネスが軌道に乗って、なかなか日本に帰れないほど忙しくなったことを、きっと良枝は本心から喜んでいるのだろう。そのせいで、病院の見舞いに一度も来られなくても。

「それにしても、おかしいのよねぇ。どこで間違えたのか知らないけど、なんで私だけが地元に残ってるのかって話よ」

揖斐川町にある老舗鮎料亭の一人娘である加奈子は、二年前に婿養子をもらい、実家を継いでいる。

「『一生独身でキャリア・ウーマンとして生きていく』って言ってた朝子が一番先に結婚して、今はニューヨーク。『男はブサイクでも包容力』とか言ってた彩月が、モデルみたいな見てくれの商社マンと結婚して、今、東京。で、なんで私だけが、こんな地元の片田舎に残ってるのよ。意味わかんない」

「そう言えば加奈子さん、『燃えるような恋愛をして駆け落ちする』って宣言してたんですよね」

「そーなのよ！　なのに、結局、私だけが『お見合い』なのよ！　私は、いまだに燃やされずに陰干しされたままの薪みたいな女なのよ！」

大袈裟に嘆く加奈子に、藤川さんが枕元にあったおしぼりを投げた。

「ぶ」

「あんたは本当に失礼な女だね！『お見合い』じゃなきゃ、あんないい旦那さん、見つけられっこないだろ！」

「そんなことないわよ」

「そんなことあるわよ！　加奈子はそもそもそんなに可愛くなくてモテないんだから」

「ひどい！」

と、急に藤川が冬子の方に向き直り、

「そういえば、私ね。余計なお世話かと思ったんだけど、冬子ちゃんのこと、名波先生にお願いしてみたの」

と言い出した。名波先生とは、おそらく、良枝を担当しているベテランの消化器内科の医師のことだ。

「え？　私の何をお願いしたんですか？」

「だって、冬子ちゃんも、もう27歳でしょう？　今、良い人がいないなら、一度、『お見合い』をしてみるのも良いと思うのよ。お医者さんなら、社会的にも経済的にも申し分ないでしょう？　だから名波先生に、『良い方いたらぜひお願いします』って」

「あー、そうだったんですか……」

冬子は良枝を見た。良枝は賑やかな病室の雰囲気を楽しんでいるのか、ただニコニコとしていた。

「お母さんも、同じ意見なの？」

そう冬子は良枝に尋ねてみた。

「私？　私は、あなたがしたいようにするのが一番良いわ」

そう良枝は答えた。と、ほぼ同時に、冬子の腕時計のアラームが「ピッピッ」と鳴った。面談の予約が15時だったので、その時間にアラームをかけていたのだった。冬子は、持ってきたバラを手早く良枝の枕元の花瓶にいけ、そして、名波のいる診察室に向かった。

　ナース・ステーションに戻ると、そのまますぐに「カンファレンス室」というプレートの下がった部屋まで案内された。中に入り、丸椅子に腰を下ろして待つと、すぐに名波が来た。その後ろに、若い男の医師もいる。彼は、名波の斜め後ろに座ると、

「消化器外科の川越と申します」

　と言って、ペコリと頭を下げた。

「検査の結果を、内科だけでなく、外科とも連携を取っていろいろと検討しましてね」

　そう名波が言った。外科と内科で連携、という言葉が、良枝の病状の深刻さを予告しているようで、冬子は思わず自分の手の親指を強く握り込んだ。

「鷺坂さん、今日は冬子さん、お一人ですか？」

「はい。父はどうしても外せない組合の会合がありまして」

「そうですか。わかりました。では、始めましょうか」

心なしか、名波の表情も硬い気がした。その後ろにいる、川越という医師は無表情で感情が読めなかった。名波は、カルテと検査結果をプリントアウトした書類を取り出しながら、

「先日実施した、鷺坂良枝さんの検査の結果がでました」

と言った。

「残念ですが、肺と肝臓に転移が見つかりました」

2

良枝が体調不良を訴えたのは、今年の1月のことだった。花農家は年末はいつも多忙で、そのまま正月を迎え、7日に七草粥を食べましょうという時に、パタリと倒れてそのまま寝込んだ。地元の個人病院からこの北揖斐総合病院を紹介され、検査と同時に即入院となり、胃がんの手術をした。良枝には告知をせず、胃潰瘍と偽った。その時の良枝の表情を、冬子は今でもよく覚えている。

「あら、そう。胃潰瘍なんて、性格が繊細な人がかかるものだと思ってたわ」

そうニッコリと笑った後、ふっと目線を窓の外にやり、遠くを寂しそうに見た。

（お母さんは、本当のことを知っているのではないか）

以来、ずっと冬子はそう疑っている。が、確認したことはない。


「残念ですが、肺と肝臓に転移が見つかりました」


そう話す医師の名波の後ろで、若い川越がレントゲン写真を大きな茶封筒から取り出す。そして、シャウカステンと呼ばれるバックライトで白く発光しているボードに、それをカシャカシャと差し込んだ。

「ここが肺で……」

「白く見えるこれが、がんで……」

「残念ですが……」

そんな言葉を聞いた気がする。

「もう一度、手術で取り除くというのはどうなんですか？」

冬子が尋ねる。

内科の名波が、外科の川越の顔を見る。

川越は、一度、レントゲン写真を見つめ直し、それから淡々と結論を述べた。

「肺の腫瘍は切除出来ると思います。しかし、肝臓の方は、今、名波先生がご説明したように数か所に転移があって、手術で取り除くことは出来ません。なので、肺の腫瘍の方だけ摘出しても、お母さんの体力が奪われるだけで、逆に死期を早めてしまうことになると思います」

「……」

死期、という単語を使われたせいか、冬子は悪寒《おかん》のようなものを全身に感じた。体のふしぶしが強張った。

「抗がん剤での化学療法という選択肢もありますが、私たちはあまりお勧めはしません。これまで使った薬に、あまり効果がなかったことが理由の一つ。そして、いたずらに強い抗がん剤を使うと、より体力を奪って死期を早めてしまうリスクがあるというのが二つ目の理由です。緩和ケアをしながら、外泊や、一時退院を探っていくのが今の最善かと思います」

名波が、おそらくは、彼の精一杯の柔らかい声でそう話す。その後ろで、川越は、無表情のままじっとしている。

「一度、ご家族で話し合っていただけますか？　もちろん、いつでも私から説明は致します」


冬子が病室に戻ると、加奈子はもう帰っていて、藤川も、そして良枝も、それぞれのベッドでうとうとと眠っていた。

ベッド・サイドの丸椅子に座り、しばらく、眠る母の顔を見ていた。この半年で、母はかなり痩せていた。以前は、畑仕事の日焼けで褐色の肌だったのが、今はやけに白く見える。シワも増えた。

と、ふっと良枝が目を開けた。そして、

「あら冬子。早かったわね」

と言った。

「うん。『経過は順調なんで、あまりお話しすることがないんです』って名波先生が」

「あら、そうなの」

「そ。ただ、入院生活のせいで体力が落ちちゃってるから、そろそろ外泊を検討しましょうかって」

「外泊？　退院じゃなくて？」

「外泊しながら様子を見て、それで問題なければ退院、なんじゃないかな？」

「なるほどね！　うん。外泊でも嬉しいわ！　身体の調子もだいぶ良くなってきたし、そろそろ畑にも出たいなと思ってたのよ！」

「お母さん！　しばらくは畑はダメよ！　体力が落ちてるって言ったばかりじゃない！」

そんな会話をした。

それから、朝子からエア・メールが届いたという話とか、今度、良枝の都合の良いタイミングで国際電話をかけようと思っているとか、そんな話を、面会時間の終わりギリギリまでふたりでした。

その日の夜。

冬子が病院から戻ると、鷺坂バラ園の駐車場に、弟の健司の車があった。嫁の実家からプレゼントされたというシルバーのセダン。この3歳年下の弟は、一昨年の春、22歳の若さで結婚をした。いわゆる『できちゃった結婚』というやつで、健司は結婚と同時に先方の実家に婿養子に入った。実は、健司の相手は、滋賀県にある浄土真宗本願寺派のとあるお寺の一人娘で、結婚する場合は相手が婿養子になること、そして、仏教系の大学に行って資格を取り、住職として寺の跡を継ぐこと、このふたつが絶対条件だった。加奈子の家庭事情とそっくりである。健司は素直に先方の婿養子になり、秋には父親になり、その次の春、京都にある龍谷大学に入学して、二度目の大学生になった。週に4日、嫁の親からプレゼントされたシルバーのセダンで、京都まで通っているという。

家に入る。玄関から、居間へ。居間のど真ん中では、風量を最大にした扇風機の風に当たりながら、健司が大の字になって寝ていた。寺の未来の住職には似つかわしくないパーマがかかった茶色の髪。それがもっさりと肩まで伸びていて、まるで冷蔵庫の片隅に忘れ去られたブロッコリーのようだと冬子は思った。

「冬姉、お帰り。どうだった？　母さんは」

冬子の気配で、健司はすぐに起きた。

「知らなかったよ。あんたが今日来るなんて」

健司の問いにどう答えれば良いか瞬時に決められず、冬子はそう話をはぐらかした。

「実は、俺も知らなかった。ハハハ」

そう言って、健司が笑う。

「あんた、いくらなんでも、その髪、長過ぎじゃないの？」

「そう？　似合ってると思うんだけど」

「全然似合ってないわよ。真央さんは、そういうの注意してくれないの？」

真央さんというのは健司の嫁の名前だ。健司より、実は七歳も年上なのだが、なぜか健司のことを「健司さん」と呼び、年下の可愛い女の子風の空気を醸し出している。

「めっちゃ恰好良いって言われるよ」

「はっ」

冬子は、思わず嗤《わら》ってしまった。

「あー、そういう感じの悪いところ、冬姉も朝姉に似てきたよな」

「そう？」

「そっくりだよ。ていうかさ、俺、今の大学卒業したら丸坊主確定なんだぜ？ なら、今くらい長髪を楽しんだって罰は当たらないだろ？」

健司はそう言って、口を尖らせた。

「まあ、真央さんが文句言わないんなら、私は別に良いけどね」

冬子はそう言って、この話題を終わらせることにした。

「ところで、今日は真央さんと未来ちゃんは一緒じゃないの？」

未来と書いてみき、と読む。健司の娘だ。

「あー、うん、今日は遠慮してもらった」

「遠慮？　なんで？」

「だって、真央がいると冬姉、話しづらいだろ？」

「なんで？　私、真央さん、大好きだよ？」

「バカ。そういうことじゃないよ。母さんの体の話だよ」

「！」

ストレートにそう言われて、冬子は一瞬、言葉に詰まった。が、健司は健司で、そこまでストレートに言ったにもかかわらず、それ以上はこの件を自分から追及してこなかった。

「本来なら、長男の俺がいろいろしなきゃいかんのに、冬姉にばっかり負担かけてごめんな」

とだけ言い、良枝についての詳しい報告は、冬子が気持ちの整理をつけるまでじっと待つつもりのようだった。

前から思っていたことだが、健司は、結婚と妻の出産を境に大きく変わった。野球の練習以外は興味がなく、家の手伝いをしたくないと言って駄々をこねていたワガママな弟は、いつの間にか、冬子より大人になっていた。


「私、子供は産まないから」

ふと、姉の朝子の声が耳元で聞こえた気がした。

「どうして、それ、わざわざ私に言うの?」

「……どうしてだと思う?」


朝子は、結婚はしたが、子供は産まない。

自分の意思で、産まない。

健司は婿養子に行って、苗字が変わった。

健司の子供は女の子だ。

その子は、光男と良枝にとって可愛い孫であり、冬子にとっても可愛い姪だけれど、鷺坂バラ園の跡を継いではくれないだろう。

つまり、私だ。

今、リレーのバトンは、駅伝のタスキは、私の手の中にある。私には、それを持って走る義務がある……そんなことをふと思った。

光男も、健司も、朝子も、そして良枝も、そんなことを一度も冬子に言ったことはないのだが。

健司は、冬子が冷蔵庫の中のもので作ったありあわせの夕飯を旨そうに食べ、

「もう、今夜は泊まるかな」

と大きな声で独り言を言いながら、ビールを飲み始めた。

21時を過ぎた頃、組合の会合からそのまま軽く飲みに行ったという光男が帰ってきた。手に、お土産に包んでもらったという握り寿司を持っていた。光男はなぜか、健司の来訪を知っていて、きちんと二人前持っていた。

「少し前、母さんに電話をしたんだ」

そう光男が言う。

「外泊、外泊って、それはもう喜んでたぞ」

健司は、特に何も言わない。黙々と、寿司を食べ、ビールの二本目を飲んでいる。

「話したのは、お母さんとだけ？」

そう冬子は訊いてみた。

「いや」

そう短く光男が答える。

「あとは、誰と話したの？」

もう一度、冬子が訊く。

「名波先生と」

また、短く光男が答える。

チラッと健司が視線をあげたが、そのまままたすぐにビールのグラスに視線を戻し、言葉は挟まなかった。

「なんで、名波先生に？」

冬子が訊く。

「なんでって。いつも母さんがお世話になっているからそのお礼も言いたかったし、今日の午後の呼び出し、冬子だけ行かせて俺は欠席だったろう？　そのお詫びも言いたかったし」

「そう」

「ああ」

「じゃあ、お父さんも一通りは説明、聞いたのね？」

ごくごく普通に会話をしていた光男が、突然、言葉に詰まった。急に、天井を見上げる。みるみるうちに両の目が赤くなり、涙がポロポロとこぼれた。冬子は何も言えなかった。健司は相変わらず何も言わなかった。

しばらく、鷺坂家の居間は、無音だった。

光男は、手近にあったティッシュ・ペーパーで涙を拭くと、冬子に、

「病院、ひとりで行かせて、悪かったな」

と言った。今日一日で、弟と父親の両方から謝られるとは思わなかった。

それから、鷺坂家の居間は、また無音に戻った。光男はそれ以上何も言わない

し、健司もそうだ。でも、冬子は、その沈黙に次第に耐えられない気持ちになってきていた。それで、

「ちょっと聞いてほしいことがあるんだけど、良いかな?」

と切り出した。

「私、お見合い、してみようかと思う」

3

翌月。

まだ残暑の厳しい9月に、冬子は振袖を着た。暑さで気分が悪くなるかと少し心配したが、外を長時間歩くわけではないから大丈夫だろうと判断した。ピンク地に辻が花模様の振袖は、もともとは良枝の着物だ。冬子が袖を通すのは、今日でまだ二度目だ。

「冬子がお見合いに乗り気だ！」

その情報は、大野町・池田町・揖斐川町に瞬く間に拡散され、

「そういうことなら、良い人紹介するよ」

と言う者や、

「そういうことなら、自分と見合いしてくれないだろうか」

と言い出す者が何人も現れた。

その中でも、もっともやる気を見せたのは、良枝と一緒に入院していた藤川で、

「全部、私に任せて！　私の仲人《なこうど》人生の締めくくりのつもりで頑張るから！」

と高らかに宣言し、そして、神のような早さで冬子の最初のお見合いのセッティングをしたのだった。

「最高の条件の男を見つけてきたから。冬子ちゃんも絶対に気に入るわ」

見合いの席は、大垣市にある『福門』という京料理の店に決まった。

見合い当日、冬子は光男の運転する車で、まず、北揖斐総合病院に立ち寄った。

『福門』に行く前に、自分の振袖姿を良枝に見せようと思ったのだ。

病室に入ると、まだ日も高いというのに、良枝のベッドの周りは、カーテンでぴっちりと閉じられていた。

「お母さん」

小さく声をかけてから、冬子はそのカーテンを少しだけ開けた。良枝は、上半身側を斜めに上げたベッドに横たわって静かに目を閉じていた。

起こすべきか、そっとしておくべきか、冬子は迷った。

良枝は、一段と痩せていた。

肌も、より、青白くなった気がした。

と、ナース・ステーションに挨拶に立ち寄っていた光男が追いついてきて、

「おい、母さん！　冬子を見てご覧！」

と、病室中に響くような大声で言った。

「あら、まあ、冬子ちゃん！　似合う似合う！　お姫様みたい！」

良枝が起きるより前に、隣のベッドから藤川が出てきて、嬌声《きょうせい》をあげた。

「どうだ？　母さん？　きれいだろう？」

光男の声は、更に大きい。

その光男の声に揺り起こされたかのように、良枝はすっと目を開けた。

そして、冬子を見る。

「起こしちゃってごめんね」

そう冬子が言うと、弱々しく微笑んで、

「全然。目を瞑っててただけで、ちゃんと起きてたのよ」

と言った。

「今日、冬子はお見合いなんだ」

光男が大声で言う。

「お父さん。お母さん、耳は遠くないんだよ？」

そう冬子がたしなめるが、光男は全然気にしていないようだった。

「良い人だといいわね」

そう良枝が言う。

「どんな人だろうね。先入観持たないように、私、釣書《つりがき》？　身上書？　それ、あえて見てないんだよね。藤川さんが太鼓判押してくれた人だもの。先に写真とかも見る必要ないかなって」

そう冬子が言うと、横から藤川が、

「私もね。それがいいわよって言ったの。そりゃ、条件的なものも大事だけど、一番は、お見合いの席で会ったときに、ビビビビッて来るかどうかなんだから」

と言い、それから光男に、

「本当は私も同席するべきなんだけど、ごめんなさいね」

と心底悔しそうに謝った。

「じゃあね、お母さん。また来るからね」

「うん。冬子もお見合い頑張って」

そんな会話を最後にして、冬子はまた良枝のベッド周りのカーテンを閉めた。

お見合いを頑張る、という言い方がちょっと面白いなと思った。何を頑張るのかよくわからないけれど、でも、とにかく頑張らなくちゃ、そんな風に冬子は思った。

光男とふたり、それから郭《くるわ》町にある大垣城址に向かう。かつては、麋城《びじょう》、あるいは巨鹿城《きょろくじょう》と呼ばれた立派なお城だったが、今は、本丸の石垣と周囲のお堀とで、長閑《のどか》な公園になっている。その公園からほど近い、大通りから一本裏に入ったとある路地の奥に『福門』はあった。平屋で、一見地味な店構えだが、築百年以上の歴史ある邸宅を改装したお店で、玄関を入ると、なんとも言えない素敵な雰囲気があった。髪をアップにした和服姿の若い店員に案内され、店の一番奥にある畳敷きの個室に通される。約束の12時にはまだ20分の余裕があり、先方も、お仲人役の方も、まだ到着していないようだった。

「父さん、ちょっとトイレに行ってくる」

緊張しているのか、光男はちょっと上ずった声でそう言って、部屋から出て行った。

冬子はひとり、黒檀のテーブルの前に座った。

雪見障子の向こうには、中庭がよく見えた。庭の中央には小さな池があり、灯籠が立っていた。敷地の境には竹垣が縄で組んであり、それを内側から支えるように、ちょうどいい高さの竹が空に向かって伸びていた。竹の根元に数本植えられている、オレンジ色の実をつけたほおずきは、昼でも薄暗い庭の中に灯る、ろうそくの灯りのように見えた。


「私、子供は産まないから」

また、姉の朝子の声が耳元で聞こえた気がした。

「どうして、それ、わざわざ私に言うの？」

「……どうしてだと思う？」


それから冬子は、三年前の朝子渡米の直前に、最後にふたりで話した日のことを思い出した。

あれも、確か、9月だった。

朝子と、夫の八木優仁は、優仁の二人の連れ子と一緒に、突如、アメリカに渡った。まあ、突如と思ったのは周りだけで、本人たちは何年もかけて用意周到に渡米の準備をしていたのだが。実は、優仁の長男には少々厄介な障害が生まれつきあり、その治療のためには日本で暮らすよりアメリカの方がベターなのではないかと夫婦は考え、それならいっそ、岐阜のバーは売却して、ニューヨークのセントラル・パークで、新たに移動式の弁当屋を始めたらどうか、ということになったのだという。

良枝は、朝子の結婚以来、血の繋がっていないふたりの孫をとても可愛がっていたので、夫婦の渡米に最初に賛成をした。光男は「ニューヨークは治安が悪い」という先入観があり、内心では随分と心配はしたようだが、それでも最後まで反対とは言わなかった。

渡米する前々日に、鷺坂家で八木一家の渡米壮行会を開いた。23時頃まで全員で楽しく飲んだ。途中、光男のビールのお代わりを取りに行った冬子と、テーブルが狭くなったので空の皿を下げてきた朝子とが、台所でふたりきりになった時

があった。朝子が唐突に、

「冬子って、彼氏いるの？」

と訊いてきた。

「何よ、急に」

「何よって、別に普通の質問でしょ。いるの？　彼氏？」

「いない。私、そういうの興味ないから」

そう言って、冷蔵庫から新しいキリンビールの大瓶を取り出し、居間に戻ろうとすると、その冬子の背中に、朝子はもうひとつ質問をぶつけてきた。

「もしかして、まだ忘れられないわけ？　弁当王子のこと」

「……は？」

振り返る。何の冗談を言っているのかと思ったが、朝子の表情はいたって真面目だった。

「突然、どうしたの？」

「別に、急でも突然でもないわよ。あんた、今まで一度も男の子と付き合ったこと、ないでしょう？　何でだろうってずっと私なりに心配してるだけ」

「……」

「で、結局原因はあれかなって。弁当王子の鷹野くんなのかなって」

「違うわよ！」

思わず大きな声が出た。

本当に違うからだ。確かに、彼がハング・グライダーの事故で亡くなったのはショックだったし、あんな危ないことは止めるべきだったんじゃないかと何度も後悔したけれど、でもでも、それはもう十年以上も前のことだ。

「そ？」

「そうよ！　たまたま、好きになれる人と出会えてないだけ！」

朝子は、じっと冬子の目を見ていたが、やがて、

「そ。なら、いいけど」

と言って、冬子を追い越して先に居間に戻っていった。

あの日、夜、寝床でひとり、冬子はもう一度、冷静に考えてみた。

（なぜ私は、男の子を好きにならないんだろう）

（私はまだ、鷹野くんを特別に思っているのだろうか）

本当は、まだありありと覚えている。

捜索に出てくれた地元の消防団。山の裏側に墜落していた青いハング・グライダー。公民館の一階で行われた彼の通夜。あの日は、夕方から翌朝まで、ずっと強い雨が降っていた。そして、私の手元に残ったのは、一通の「招待状」と、そして……

と、廊下の方から、

「これはこれは先生！　本日はよろしくお願いします！」

という光男の声が聞こえてきて、冬子は我に返った。

「こちらこそ、よろしくお願いします。しかし、病院の外で会うと、何か、不思議な感じがしますね」

という男性の声。聞き覚えのある声だった。名波だ。冬子は、藤川が名波に自分の縁談の相手を相談していたことを思い出した。藤川が自信満々だったのは、紹介者が名波だったからか。

すっと、襖《ふすま》が開いて、スーツ姿の名波と、光男が入ってきた。

冬子は慌てて頭を下げた。

「お待たせしました、冬子さん。おい、君。主役がそんなところにいてどうする。さっさと真ん中に座りたまえ」

そう名波に声をかけられ、若い男が最後に部屋に入ってきた。

何と、その若い男も、冬子が知っている男だった。

彼は、冬子の正面に座ると、静かに頭を下げた。

「先日は、失礼しました。改めまして、北揖斐総合病院の消化器外科で医師をしております、川越恵一です」

4

冬子と川越、そして光男、名波の四人で昼食を取り、その後、冬子は川越とふたりで、大垣城址のお堀端を少しだけ散歩した。その散歩の間、光男と名波は喫茶店で待ってくれていた。

見合いからの帰り道。冬子と光男は、もう一度病院に寄って、良枝の顔を見ていくことにした。きっと、冬子の人生初のお見合いの顚末《てんまつ》を良枝も聞きたがるだろうと思ったからだ。が、病室に入ると、良枝のベッド周りのカーテンはぴったりと閉じられていた。そっと、冬子が中を覗く。良枝は、静かに、微動だにせず、ただ目を瞑っていた。寝ている、のだろうが、寝ている、という雰囲気ではなぜかなかった。

「冬子ちゃん！」

元気な声をかけてきたのは、またしても藤川だった。

「午後の検査の間じゅう、ずっと冬子ちゃんのことが気になって気になって……で、どうだった？　ビビビビッて、きた？」

そして、

「ビビビビッていうか、最初は本当に驚きました」

と冬子が答えると、

「ほら。男と女には吊り橋効果が大切って言うじゃない？　びっくり！　ドキドキ！　そのドキドキが、実はトキメキ、だったっけ？　アハハハ」

と藤川は豪快に笑った。吊り橋効果は、緊張とか恐怖のドキドキによるものであって、びっくりとは違うし、そもそもびっくりはドキドキよりドッキリの方が近いよね、などと冬子は内心思ったが、そんな野暮な訂正はしないでおいた。と、

藤川は更に、

「結婚するなら、お医者さんは最高だと思うのよ。だって、この世に人間がいる限り、お医者さんは絶対に必要なのよ？　絶対に失業しないお仕事よ？　それに、川越先生って、若いし、お医者さんなのに偉そうな雰囲気もないし、チャラチャラもしてないし、本当に良いと思うのよ。実は、ご実家は呉服屋さんをされていて由緒正しい上にきっとお金もたくさんあると思うの」

と、一気にまくしたてた。

「おばさん、声、大きいです」

冬子がそう苦笑いしながら言う。

「あ、そうね。まだ、秘密ですものね。私ったら」

そう藤川は反省の言葉を言ったが、声のボリュームは大して落ちていなかった。

そんな会話をしている間、光男はカーテンをそっと小さく開き、良枝の様子を見ていたが、やがて、

「母さん、よく寝ているようだから、今日はこのまま帰ろうか」

そう、小さな声で言った。

帰りの車の中、光男はひと言も話さなかった。冬子も、話さなかった。ただ、助手席の車窓からぼんやりと池田山を見ながら、先ほどの藤川の、「だって、この世に人間がいる限り、お医者さんは絶対に必要なのよ？　絶対に失業しないお仕事よ？」

という言葉を何度も思い返していた。藤川の言っていることは実は「人間は絶対に死ぬのよ」と同じ意味だ。藤川に悪気がないのはわかっていたが、冬子にはそれが少し堪《こた》えていた。

じっとベッドに横たわる、先ほどの良枝の顔を思い出す。

一緒にいられる時間は、もうそんなに長くはないのだろう。認めたくはないが、認めなければいけないのだと冬子は思った。認めなければいけない。認めるしか、ない。

「冬子さんは、お母さんのために、お見合いをしようと考えたんですか?」

ふたりでお堀端を散歩している時、川越はそう尋ねてきた。

「そうですね。それはあると思います」

冬子は、素直にそれを認めた。

「結婚して、お母さんを安心させたい」

「そうですね」

「お母さんも、あなたのウェディング・ドレス姿、見たいでしょうね」

「そうですね」

「そして、孫の顔を見せて、お母さんを安心させたい」

「そうですね」

「そのために、ちょっと急いで結婚相手を探している」

「……」

川越の言葉にわずかなトゲを感じて、冬子は少し黙った。そして、

「まあ、母だけでなく、父を安心させたい気持ちもあります」

と答えた。

「ああ。ご長男が婿養子に行かれたので、いずれ、鷺坂バラ園は冬子さんが継ぎ、そして冬子さんのお子さんが継がなければならないのですよね」

川越は、鷺坂家の内情について、きちんと事前に説明をされているようだった。まあ、今日は見合いなのだから、それは当然だろう。相手の素性も写真も見ずにやってきた冬子の方が非常識なのだ。それで、

「そうなんです。なので、結婚相手には、うちに婿に来ていただかないといけないんです」

と、これも素直に答えた。

「川越先生は、ご兄弟は？」

「はい。男ばかりの三人兄弟の、私は真ん中です」

「そうなんですか」

「実家は商売をやっているのですが、長男が、社長とか経営とか、そういうのが大好きな男でして。なので、私がどこに婿養子に出ようが、川越家には何の問題

もありません」

「そうなんですか」

そして、しばらく会話は途切れた。生茂る緑から、残暑の日の光が容赦なく照りつけてくる。冬子は歩きながら、額に滲《にじ》み始めた汗をハンカチでポンポンと叩いた。

と、川越が、唐突に、

「私が、あなたを好きだと言ったら、どうしますか？」

と質問をしてきた。

「え？」

あまりに想定外な質問だったので、冬子は戸惑った。

今日は、お見合いである。お見合いの席である。北揖斐総合病院で何度か会っているとはいえ、プライベートで会話をするのは今日が初めてなのである。なので、なぜ今ここで、好きとか、好きではないとか、そういう話題になるのかが不思議だった。ただ、そうは言っても、それをストレートに伝えるのはちょっと場の空気が悪くなりそうな気がした。それで冬子は、慎重に言葉を選んで返事をした。

「結婚するのでしたら、それはもちろん、嫌われるより、好きと言われた方が嬉しいです」

と、川越はしばらく考えてから、

「そして、あなたも、もし私と結婚したら、私を好きになる努力をしてくれるわけですね……」

と言った。先ほどと違い、こちらは質問というより、確認、独り言、という雰囲気だった。それでも、何か返事をした方が良いだろう。そう冬子は考えたので、シンプルに、

「はい、もちろん」

と答えた。川越はその返事を聞くと、にっこりと微笑み、

「それも元を辿れば、お母さんのため、なわけですね」

と言った。

そして、冬子の返事は待たずに、

「今日はありがとうございました。とても、楽しい時間でした」

そう言って、川越は冬子にペコリと頭を下げたのだった。


（お母さんのため、か……）

もちろんそうだ。

良枝の衰弱していくスピードが、徐々に速くなってきている気がして、それが冬子には不安だった。

（明日にはもう、結婚承諾のお返事をしてしまおう）

そう冬子は思った。

（早いに越したことはないのだ。何なら、今夜もう、名波先生にお電話をして、「よろしくお願いします」と言ったたって良いのだ）


鷺坂バラ園に帰り着く。

「ただいま」

習慣で、そう玄関のドアを開けながら声を出す。が、この家には今、良枝はおらず、朝子もおらず、健司ももういないので、家の中から返事をしてくれる家族は、当然のことながらいなかった。

草履を脱ぎ、家の中に入る。玄関の正面奥には二階に上がる階段があり、その下に黒電話が置かれている。今、この電話が鳴ることは滅多にない。仕事関係の連絡は、すべて、自宅の隣にある鷺坂バラ園の事務棟の方の電話にかかってくる。冬子が学校を卒業し、正式に鷺坂バラ園の従業員になってからは、自分の連絡先を教える時も、事務棟の方の番号を教えていた。その方が、断然連絡が付きやすいからである。

冬子は、この黒電話を見ると、今でも時々、鷹野のことを思い出す。11年前、天候不良で、二週続けて山飛びの中止の連絡が来た。その二度目の電話の時に、鷹野は突然、

「今日、一緒に図書館に行かない?」

と誘ってきた。

あの日、雨は、午前中いっぱいでやみ、午後からはピンボケ写真のような曇り空だった。鷹野と出会った揖斐川沿いの土手道を自転車で走り、図書館へ。窓際の席に腰を下ろし、前々から読もうと思っていた新刊のバラの本を広げる。誕生日プレゼントという名目で、光男と良枝から強引に贈られた「冬子専用の畑」に植えたバラは、春、なぜか思うように育たなかった。蕾はつくのに、花は咲かずにそのまま首が折れるようにして枯れてしまった。それが悔しくて、時間がある時に図書館に行って、バラの肥料の配合と量について、改めて調べてみようと思っていたのだ。

「ごめん。お待たせ」

五分くらい遅れて、鷹野は来た。青いギンガム・チェックのシャツに、ジーンズ。背中のリュックを降ろし、冬子の正面に当たり前のように座る。

「私も今来たばっかりだから」

冬子はそう返事をする。異性とふたりでこうして座るのは、実は初めてだと気がつく。鷹野は、リュックの中から大量の教科書とノートを取り出し、

「バイトばっかりしてたせいで、赤点だらけでさ。で、この前、再試？　っていうのがあったんだけど、そのテストでまたまた赤点たくさん取っちゃって。このままだとおまえ、卒業させないぞって担任に脅されて」

そんなことを言いながら、鷹野は笑っていた。とても楽しそうな雰囲気だった。そして、冬子の読んでいる本に目をやり、

「おー。休みの日もバラの本かあ。バラ、大好きなんだね」

と言った。

「そうでもないけど」

冬子が答える。

「そうなの？」

「仕事だもん。お姉ちゃんは銀行に就職したし、弟はプロ野球選手になるから家は継がないって言ってるし、だから、私にとって、バラは生まれた時から仕事な

の」

　冬子は花が好きだったし、その中でも特にバラのことは大好きだったが、その時はそういう言い方をした。が、鷹野は、冬子の「バラはあくまで仕事」という言葉はほぼ無視して、突然、

「俺、青いバラが見たいな」

　と言った。

「青いバラ？」

「そ。俺、青が好きだからさ。ほら、川の水って青いでしょ。海も青いでしょ。そして、空はとことん青いでしょ。世界は、美しい青で出来てるって思うんだ」

　彼の声は、よく通る、明るく温かい声だった。

「でも、バラには青色の色素がないから、いくら品種交配しても青いバラは無理なの。青いバラの花言葉は『不可能』……って言うくらいなんだから」

　そう冬子が言うと、鷹野は「は！」と笑い、そして、

「ちょっと前までは、人が空を飛ぶのだって『不可能』って言われてたんだよ？」

と言った。

「だから俺、思うんだ。チャレンジもせずに『不可能』とか決めつける連中は、全員まとめて豚に食われろ！　ってね」


二階に上がり、慣れない振袖を脱ぎ、部屋着に着替える。それから、光男のために夕飯の準備をしようともう一度下に降りて、台所へ。エプロンを着け、冷蔵庫の中を見ながらメニューを考えていると、光男が来て、

「冬子。今日は出前を取らないか？」

と言ってきた。

「出前？」

「お昼が、お上品な食事だったからさ。お父さん、夜はこの『黒ニンニクラーメン』というのが食べたいな」

そう言って、最近近所に出来た中華料理屋のチラシを光男は見せてきた。開店記念で、出前も店内での食事も全品１００円割引と書いてある。

「親子ふたりきりなんだから、ニンニク臭くなったって構わないだろう?」

そう光男は言う。

「じゃあ、私もその、『黒ニンニクラーメン』にしようかな」

そう言って、冬子は、一度着けたエプロンをまた外した。


開店セールが人気で混雑していたのか、電話をしてから出前が来るまで、かなり時間がかかった。が、冬子はあまり空腹を感じていなかったし、光男の方も、実はそうだったように思う。なので、お互い「遅いね」とも言わず、ただ静かに、作り置きしてあった麦茶を飲みながら、出前が来るのを待った。

「それで、本当のところ、見合いはどうだったんだ?」

と、不意に光男が訊いてきた。

「本当って?」

「別に、無理することはないんだぞ」

「無理なんかしてないよ。川越先生、良い人じゃない」

「それはまあ、父さんもそう思うが、結婚となると、良い人かどうかだけじゃないからな」

「良い人かどうか以外に何があるの?」

「あるさ。良い人なんて、世の中にはたくさんいるんだ。でも、結婚はひとりとしか出来ないいんだからね。だから、良い人なのは当たり前として、それ以上の特別な何かを感じる人を選ぶべきだと、父さんは思う」

そう光男は、作り置きしてあった麦茶を飲みながら言った。

「特別な何かって何よ」

冬子が訊く。

「何かは、何かだよ。うまくは言えないが、母さんと会った瞬間、父さんは思ったからな。ああ、この人は特別だ。特別だぞって」

「……」


と、玄関の呼び鈴が鳴った。出前が来たのだ。どんぶりがふたつ。こぼれないようにかけられていたラップを剝がすと、醬油ベースのスープに、たっぷりの野菜にチャーシュー、そして黒ニンニクの塊がなんと五つも入ったラーメンが姿を現した。

「これは、なんともすごいラーメンだな」

光男が唸る。

「これ、体に良さそうじゃない。お母さんが帰ってきたら、また取ろうね」

そう冬子が言う。それから、さも大したことではないという雰囲気で、

「さっきの話だけど、私、川越先生と結婚するよ」

と言った。

「そうか」

「うん。私、決めた」

「……そうか」

それから光男と冬子は、ラーメンを啜った。熟成された黒ニンニクは、刺激の少ないマイルドな味わいで、見た目の豪快さに反して臭いもキツくなかった。

（美味しいけど……今日はもっと臭いニンニクの気分だったな）
そんなことを思いながら、冬子は黙々とそのラーメンを食べた。

5

冬子が名波ときちんと話が出来たのは、見合いの翌々日だった。いつものように面会受付名簿に名前を書こうとナース・ステーションに行くと、

「名波先生が、ちょっとお時間いただきたいそうです」

と、看護師に声をかけられたので、良枝の病室に行く前に、先にカンファレンス室へと向かった。コンコンとドアをノックすると、名波が中から出てきて、

「冬子さん。ちょっとコーヒーでも飲みませんか？」

と言う。それで、エレベーターで一階まで戻り、院内の東の角にある日当たり

の良い喫茶店にふたりで入った。チョコレート色の四角い小さな机に、向かい合わせで座る。大きな葉を茂らせた背の高い観葉植物が近くに置かれていて、直射日光をほどよく遮ってくれていた。

「ブレンドを」

と、名波が言う。なので冬子も、

「同じものを」

とオーダーした。喉は渇いていなかった。名波がカンファレンス室からわざわざ喫茶店に場所を変えたことが、冬子を少し不安にさせていた。えんじ色のエプロンを着けた若い男性のウエイターが、伝票に注文を書いて下がると、名波はおもむろに、

「今日は、二つ、お話ししたいことがあります」

と言った。

「二つ、ですか？」

「はい。どちらもあまり、喜んではいただけない話だと思います」

「！」

不安は的中したようだった。冬子がじっと黙っていると、名波はすぐに本題に入った。

「一つ目は、先日のお見合いの件です」

「え？」

二つとも、良枝の病状に関することだと思っていたので、冬子はちょっと面食らった。

「川越くんから『今回はご縁がなかったことにしてほしい』と言われまして」

「え？」

「冬子さんからはすぐに電話をいただいて、それも良いお返事をいただいていたのに、こちら側がお待たせした挙句こんなお返事で……冬子さんには嫌な思いをさせてしまいましたね。本当に申し訳ない」

そう言って、名波は頭を下げた。

「そんな。先生が謝る必要なんてないです」

冬子は慌てて言った。

「嫌な思いなんて全然していません。お見合いなんで、こういうことは当然あると思います。私に、魅力が足りなかったというだけです。お見合いは、また別の方と頑張ります」

そう一気に冬子は言った。名波はそれでも、

「まさか、川越くんが断ってくるとは夢にも思っていなくて。てっきりぼくは彼が、前々からあなたを好きに違いないと思っていたんですけどねえ」

と本当に残念そうに言った。

ウエイターが戻ってきて、コーヒーの入ったカップを二つ、静かにテーブルに置いた。名波がそれを一口飲むのを待ってから、冬子は訊いた。

「それで、もう一つの方のお話は？」

今度こそ、良枝の病状の話だろう。新たな抗がん剤を試すのだろうか。それともう一度手術を検討することにした、みたいな話だろうか。

名波は、もう一口、コーヒーを飲み、それから二つ目の話を始めた。

「良枝さんからですね、退院させてほしいという話がありました」

「退院？　あれ、この前は、確か外泊と……」

「はい。ぼくは、数日外泊をして、ちょっと気持ちをリフレッシュさせてもらって、そしてまたここに戻ってきていただく、というのが良いと思っていたのですが、ご本人は外泊ではなく退院にしてほしいと強く仰《おつしや》いましてね」

「そうなんですか……」

良枝が、誰かに自分の希望を強く言う、というのが、冬子にはうまく想像出来なかった。いつもニコニコ微笑んでいて、そして、気持ちよく周囲の希望に寄り添う。それが冬子が知っている良枝だった。「お母さんはこうしたいの！」と強く主張する良枝を、冬子は見たことがなかった。

「それで、ぼくももう一度考えてみたのですが……」

「はい」

「良枝さんのご希望通りにするのがベストなのではないかという結論にいたりました」

「退院、ということがですか?」

「はい。退院、ということがです」

「……」

「決めた以上は、早い方が良い。というわけで、ぼくと良枝さんで話し合いまして、ご家族の方のご都合さえ大丈夫なら、退院は、明日でいかがでしょうか?」

「明日?」

「はい」

「退院が」

「はい」

「それはその……もう、治療することも出来ないほど母の病状が進んでいる、ということですか?」

冬子が最後の質問をすると、名波は沈黙した。沈黙が答えなのだ。そう冬子は理解をした。良枝も、おそらくは、自分の本当の病名を知っているのだろう。家族のつく嘘を見抜いているのだろう。それで、多少なりとも体力のあるうちに、我が家に戻りたいのだろう。死ぬ時は、我が家の畳の上で死にたいのだろう。そんなことを冬子は思った。

気がつくと、涙がこぼれていた。

「ごめんなさい」

そう冬子が言うと、名波は、

「泣いてもよいと思います」

と言った。

「ぼくの母も、実は、良枝さんと同じ病気でしてね。あの頃、ぼくも何度も泣きました。医者のくせに」

そう言って、名波はまた静かにコーヒーを飲んだ。

名波と別れた後、トイレに寄って、鏡で自分の顔を確認する。しっかりしなければ。そう強く思う。化粧を整え、鏡を見ながら深呼吸を二回して、それから良枝の病室に向かう。

（今日も、ベッドの周りのカーテンはぴったりと閉まっているのだろうか）

が、予想に反して、今日は良枝のベッド周りのカーテンはすべて開いていた。それどころか、良枝は起き上がり、ベッドの縁に座っていた。何にももたれずに！

そして、良枝の前には、藤川がいて、大きな声でお喋りをしている。

「こんにちは。あら、お母さん、今日は元気そうだね」

そう、病室に入った冬子が声をかけると、良枝が答えるより先に藤川が、

「冬子ちゃん、聞いた？　私も鷺坂さんも、ついに退院が決まったのよ‼」

と、飛び上がらんばかりの勢いで報告をしてきた。

「わー、藤川さんもですか？　よかったですね！」

「そうなのよ。ふたり一緒に退院よ！　めでたいわあ。入院の時は私は後輩だったけど、卒業する時は同級生♫」

後輩とか同級生という単語の意味が今ひとつよくわからなかったが、そこを突き詰めても意味がないので、

「そうなんですね。おめでとうございます」

と冬子は話を合わせた。藤川は、大腸の憩室が炎症を起こして破れ、腹膜炎になり、一時的に人工肛門で過ごさなければならなくなったと聞いていた。なので、彼女の退院は、本当に快癒しての退院なのだろう。そして、藤川自身は、良枝の退院も、同じように快癒してのものだと思っているのだろう。良枝は、藤川のお喋りを、ずっと笑顔で聞いている。窓のレースのカーテン越しの薄日が、そんな良枝の顔を照らしている。自分の余命におおよそ勘付いているはずなのに、今もこうして笑顔でいられる母に、冬子は尊敬の念を覚えた。

それから冬子は、入院費用の精算の段取りを確認したり、持ち帰る私物を確認したりした。藤川がセッティングしてくれた見合いの結果の報告もしなければいけない気がしたが、今は藤川も自分の退院に浮かれていて見合いのことは忘れているし、先方から断られたなどというとまあまあ面倒な展開になりそうな気もしたので、今日のところは黙っていることにした。

翌日も、気持ちの良い秋晴れだった。

弟の健司が、京都の大学の授業をずる休みして車で来てくれたので、彼に送迎の運転手役をやってもらうことにした。

病室に入ると、良枝は既に着替えていて、きちんと化粧までしていた。美しかった。それをそのまま口にした。

「お母さん、きれい」

良枝はふふっと笑ってから、

「あら、今まで知らなかったの？」

といたずらっぽく言った。

病棟を出て、健司が乗ってきたシルバーのセダンに乗り込む。良枝は後部座席に座ると、

「健司。なるべくゆっくり走ってもらってもいい？」

と言った。

「あいよ」

なぜ？　とか、どうして？　みたいなことは言わず、健司は良枝のリクエスト通り、法定速度を下回るスピードで車を走らせた。時々、後ろから車が来ると、路肩に止めて先に行ってもらう。市街地から、揖斐川の川沿いに。やがて、少しだけ池田の町に入り、それから大野町へ。良枝は、すべての景色を目に焼き付けようとしているのか、終始、車窓からの眺めを楽しんでいた。

やがて、車は鷺坂バラ園に着いた。園の入口には、健司の娘であり、良枝の孫である未来が、母の真央と一緒に立って待っていた。手に、

「ばあばちゃん、たいいんおめでとう」

と書いた手作りのノボリを持っている。

「あらあら、未来ちゃん。ありがとう」

良枝が顔をほころばせる。

健司が車のクラクションを鳴らす。と、玄関のドアが開き、今日イチのサプライズが、飛び出してきた。

「お母さん!!」

「朝子!!　あなた、帰ってたの？」

「たまには、お母さんの作るご飯が食べたいなーって思ってさ。それで、お弁当屋は1週間お休みにしちゃった」

　言いながら、朝子が良枝を抱き締める。その朝子の後ろから、八木と、八木のふたりの息子たちも出てくる。更にその後ろから、少し涙ぐんだような顔をして、光男も出てきた。

「ばあちゃん、おかえり！」

「ばーば、おかえり！」

「母さん、お帰りなさい！」

　次々と家族が良枝に駆け寄り、抱き締める。


　その日の夕飯は、久しぶりに賑やかだった。普段なら家事を手伝わない光男と健司が、この日だけはいそいそと折り畳みの座卓を運んだ。総勢十名が居間に勢揃い。料理は、朝子が、「今、ニューヨークで一番大ウケの幕の内弁当」をアレンジしたメニューをみんなに振る舞ってくれた。乾杯の時は、良枝も、グラス半分だけビールを飲んだ。途中、良枝が、

「そういえば、野球の試合は観なくていいの？」

と言った。

「野球？」

「そうよ、だって、今夜は大事な巨人戦でしょ？　今日勝てば、ドラゴンズが首位になるって、新聞に書いてあったわよ？」

光男は困ったような顔になり、健司を見た。

「母さん、こうやってみんなが揃うなんて、すごく貴重な時間じゃないか。それなのに、テレビなんかに割り込ませるなんてもったいないよ」

そう、本来は大のドラゴンズ・ファンである健司が言った。

「今日くらい、テレビなしで、みんなで話そうよ。俺は、朝姉のニューヨーク暮らしの話とか、すっごく聴きたいと思ってたんだ」

そう健司が言うと、光男も大きくうなずいた。

「あら。あんた、ニューヨークにも浄土真宗のお寺、出すの？」

そう朝子が混ぜっ返すと、

「や、俺は人混みは嫌いだから、出すならハワイが良いなー」

と健司が返し、それでみんなまた笑った。

「今思うとさ、ニューヨーク行き、ほとんどの人に反対されたんだよね。セントラル・パーク？　そこでお弁当を売る？　バカなの？　みたいな感じでさ。最初から応援してくれたのは、お母さんだけだったな」

そう朝子が言う。

「あら、お父さんも賛成してくれたわよね？」

そう言って良枝が光男の顔を立てようとする。

「お父さんは、最初は『むむむ』って感じだったよ？　でも、お母さんが賛成してくれたから、お父さんも最後は折れてくれたんだよね？　ね、お父さん？」

そう朝子に言われ、光男は素直に、

「うん。実はその通りだ」

と認めた。

「父さんは、ニューヨークで日本人が成功するなんて、有り得ないと思ってた。不可能だと思ってた。でも、こう見えて、母さんは負けず嫌いでね。『不可能なんて簡単に言う男は恰好悪いですよ』って、こっそり怒られてね」

「え？　そんなことあったの？」

それは、冬子にも初耳だった。

「あったさ。『私は不可能なんて、これっぽっちも思いませんよ？　うちの子供たちが本気でチャレンジするなら、いつか青いバラだって作れると、私は信じてますからね』って。あの時の母さんは、本当に男前で恰好良かった」

そう光男が言う。その横で、良枝が照れ臭そうにまた微笑んだ。

（うちの子供たちが本気でチャレンジするなら、いつか青いバラだって作れると、私は信じてますからね……）

そんなことが起きたら、それはもう、奇跡以外のナニモノでもない。

そう冬子は思った。

と同時に、そんな奇跡が起こせたら、なぜか、良枝の病気だって、奇跡的に治るんじゃないか。そんなことも思った。

（うちの子供たちが本気でチャレンジするなら、いつか青いバラだって作れると、私は信じてますからね！）

と、その時、滅多に鳴ることのない階段下の黒電話が鳴った。

みんな、上機嫌に飲んでいたので、冬子が立ち上がって廊下に出た。

受話器を持ち上げ、

「はい、もしもし。鷺坂です」

と声を出す。

有り得ないことだけれど、電話の向こうから、

「もしもし。鷹野といいます」

という声がしそうな気がした。

有り得ないことだけれど。

実際の電話は、こうだった。

「もしもし。私、北揖斐総合病院の川越と申します」

6

「もしもし。私、北揖斐総合病院の川越と申します」

思わぬ相手からの電話で、冬子は驚いた。

「鷺坂冬子さん、ですか？」

「あ、はい。私です」

「先日はありがとうございました」

「はい。こちらこそ、ありがとうございました」

そんな型通りの挨拶をまずはする。

と、川越が、少し電話口で黙った。

何だろう？　お見合いで結婚を断った相手が、今更、私か、あるいは私の家に何の用事なのだろうと冬子は訝《いぶか》しんだ。と、やがて川越は、こんなことを言った。

「何で？　と思われることはわかっているのですが……」

「？　はい……」

「明日、一緒にお昼ご飯を食べていただけませんか？」

「え？」


翌日も、またしても、文句の付けようのない秋晴れだった。空気が澄み、冬子の家の畑から、池田山の稜線《りょうせん》がくっきりと見えた。

正午。

冬子は、その池田山の中腹にある創作フレンチのお店に入った。約束の時間より10分早く着いたにもかかわらず、川越は既に着席して冬子のことを待っていた。

「お待たせしました」

その店は、カウンターしかない小さな店だったので、冬子は川越の左隣の席に座った。川越は、カジュアルな青い半袖のシャツを着ていた。そういえば、今まで白衣姿かスーツ姿だけで、こうして普段着姿の川越を見るのは初めてだった。

あまりじろじろ彼の服を見るのも失礼かと思い、窓に目をやる。カウンターの正面は、全面ガラスの窓になっていて、遠く金華山と、その頂上にある稲葉山城がくっきりと見えた。

「池田に、こんな素敵なレストランが出来てたなんて、知りませんでした」

そう冬子は言った。

「お見合いのこと、すみませんでした」

いきなり、川越はその話題から始めた。

「いえ、こういうのはご縁ですから」

そう冬子は返した。と、川越はコップの水を一口飲み、

「このお店はランチもコースだけなのですが、冬子さん、よろしいですか？」

と訊いてきたので、当然冬子は、

「はい」

と答えた。

と、川越は、カウンター越しにシェフに「コースを二つ」と言った後、おもむろに、

「こちらからお断りしたのにこういうことを言うと、本当にびっくりされると思うのですが……私、前々から、冬子さんのことが好きでした」

と言ってきた。

「え?」

「……」

「え?」

「名波先生は、私の気持ちに気づいていて、それで、冬子さんのお見合い相手に私を推薦してくれたんです。それなのに、こんなことになって、実はあの後、名波先生からはかなり怒られました」

そう言って、川越はまた、コップの水を一口飲んだ。

「あの……私、お見合いの席で何か失礼なことをしてしまいましたか？」

そう冬子が尋ねる。と川越は「ハハ」と笑い、それから、

「全然失礼なんてことはなかったですよ。むしろ、とても正直に思っていることを話していただいて、私はとても嬉しかったです」

と言った。

「冬子さんは、良枝さんのお体のことを考え、良枝さんが元気なうちに自分の花嫁姿や孫の顔を見せたいと思った。それがすべてだった。親孝行が出来るなら、相手の男は誰でも良かった。だから、お見合い写真も見なければ、相手の身上書だって読む必要すらなかった」

「……」

「お母さん思いの、優しい人だなと思いました。私が、本当にあのお見合いが初対面なら、一も二もなくあなたと結婚したいと思ったと思います」

「……」

「でも、私は、あなたのことが、既に本気で好きだった。だから『誰でもいいん

です』と言外に言われてしまうと、情けない話ですが、つらくてつらくて、あの日の夜、ひとりで酒を飲んで泣きました」

「え?」

「すみません。恰好悪い話で。でも、結婚をするなら、自分がその人を好きであるように、その人からもきちんと好かれたいと思ってしまったんです。結婚してから努力しますよ、ではなく、好きだから結婚したい、と言われたくなってしまったんです」

「……」

「冬子さん。『誰でも良いから結婚します』ではなく、『川越恵一と結婚したい』……いや、『まずは川越恵一と、きちんと付き合ってみよう』と思っていただくことはできないでしょうか?」

「!」

「お母さんのための結婚ではなく、私という人間ときちんと向き合ってもらうことは、不可能でしょうか?」

不可能、という単語を聞いて、冬子の心の中で、何かが弾けた気がした。

その弾けた何かが何なのか、しばらく冬子は考えた。

ランチの前菜が運ばれてくる。が、川越も冬子も、しばらくそれには手を付けなかった。


「不可能では、ないと思います」

やがて冬子は、慎重に言葉を選びながら言った。

「ただ……ごめんなさい。私、昨日の夜に、ひとつ、挑戦したい『不可能』を見つけてしまって……」

「そうなんですか」

「はい。それで、実を言うと、その『不可能』を『可能』に出来るよう、本気で頑張ってみようかなと。それをやり遂げるまでは、お見合いとか、そういうのも一回忘れようかなって決めたばかりなんです」

「そうなんですか……なるほど……あの、前菜、食べましょうか」

突然、川越はそう言った。

「あ、そうですね」

答えながら冬子は、

(川越という人は、ちょっと面白いリズムの人だな)

と思った。

しばらくふたりは、前菜のサラダとテリーヌを黙々と口に運んだ。やがて、川越がひとつ、質問をしてきた。

「その『不可能を可能に』というお話は、男性関係のお話ですか?」

「え? いいえ、全然違います」

「そうなんですか」

「はい」

「では、その『不可能を可能に』というチャレンジをしている間は、冬子さんはずっと独身、ということになるのですか?」

「そうですね。はい。そうなると思います」

そこのところはあまり深く考えていなかったが、でも、お見合いなどをするのをいったん休止するのだから、まあ、そういうことになるだろう。

と、川越は、初めて、ホッとしたような笑顔を見せた。そして、

「自分は待つことはまあまあ得意なので、では、その冬子さんのチャレンジが成功したら、もう一度、私とのこと、考えてみてもらえませんか?」

と言った。

「はい。わかりました」

不思議なほど素直に、冬子はそう答えた。

「勇気を出して、あなたを食事に誘って良かった」

そう川越が言う。

「私も、今日、ここに来て良かったです」

冬子も、そう答えた。

昼食の後、川越が車で送るというのを断り、冬子は、鷺坂バラ園まで徒歩で帰ることにした。2時間以上かかるだろうが、天気は良かったし、無性に歩きたい気分だったからだ。

健司に車をゆっくり走らせ、車窓から景色をじっと見ていた良枝のことを思い出しながら、冬子は歩いた。

それから、青空の中に溶けていった鷹野のことも思い出しながら、歩いた。

今さっき、「あなたのことが好きだ」とストレートに告白をしてくれた、川越のことも思い出しながら歩いた。

山麓を降り、住宅街を抜け、揖斐川沿いの土手道に出る。

（青いバラを作ろう）

冬子はそう心の中で呟いた。

（お父さんとお母さんからもらったあの畑で、私は、青いバラを作ろう）

日が傾くまでには、まだまだ余裕はある。

その後のことは、その時が来てから考えよう。

抜けるような秋の青空と、澄み渡る揖斐川の清流を見ながら、そう冬子は何度も心の中で呟いた。

エピローグ

１９８２年。
夏の終わり。あるいは、秋の始まり。
私の時間は、再び動き始めた。

ただ、その進みは、彼女が覚悟していたよりもずっとゆっくりで、
彼女のお母さんは、私と会うことはできなかった。

一年が過ぎ、
五年が過ぎ、
十年が過ぎる。

紫色のバラをベースにして、彼女はそこから、地道に、赤の色素だけを抜いていく。

その、気の遠くなるような長い作業の間、
私はやはり、あの記憶を思い返していた。

シュッ、シュッ……シュッ、シュッ……

彼が紙の上を滑らせる、青の色鉛筆の音。

やがて、20世紀が終わり、21世紀が始まってすぐの2002年。

世界中のマスメディアが、世界で一番東にある島国に住む47歳の女性の名前を報じた。

地元で一番大きなバラ園を営んでいる。

いくつものバラを掛け合わせ、独創的な新しいバラを生み出している。

40歳になった時、自らのバラ園の跡継ぎとして、社員のひとりを養子にした。

本人は、いまだ、独身である。


多くのニュースに影響されたのだろう。

彼女の地元の小学校が、社会科見学の授業を彼女にお願いしたいと言ってきた。

彼女はそれを快諾した。

春。満開のバラの季節に、彼女のバラ園の畑の一角で、その授業は行われた。

児童のひとりが手を上げ、彼女にこんな質問をした。

「どうして、青じゃなきゃいけなかったんですか？」

「え？」

「赤とか白とか黄色とか、もともとバラには綺麗な色のがたくさんあるじゃないですか。それなのに、どうして無理って言われてる青いやつ、作ろうなんて思ったんですか？」

彼女は少しの間、言葉を探す。

バラの畑を見つめ、畑の向こうに流れている揖斐の清流を思い浮かべ、快晴の大空を見上げる。

そして、静かに微笑むと、こう楽しそうに言った。

「なぜかって？　それはね、世界は美しい青で出来ているからよ」

あとがき

ぼくには、福田ミキ、という友人がいる。

知人の紹介でぼくの主宰する「秦組」の舞台を観にきてくれて、その後、一緒に飲んだのが出会い。彼女は当時婚活中で「トキメキは要らないから、将来にわたる安全と安心が欲しい」とか言っていて、ぼくはそれについて「とってもロングスパンに希釈した援助交際みたいだ」などと毒づいたものだったが、彼女はサッサと結婚相手を見つけ……（その相手にトキメキがあったのかどうかは知らない）……そのお相手の仕事都合で、三重県の桑名市というところに引っ越して行った。そこで彼女は「桑名をもっと元気にしたい」という市民グループに参加し、「町おこしに映画はどうだ」という展開になり、桑名市役所のブランド推進課に勤務していた川地尚武さんという方に「東京でドラマとか映画とかを作っている秦っていう友人がいるから出張の時に会って話を聞いてみたら？」と、ぼくと彼とを繋いでくれた。

「映画で地方創生」というのは、「視聴率・興行収入」というモノサシの仕事ばかりにいささか倦《う》んでいたぼくには、とても魅力的なプロジェクトに思えた。桑名市自体は「金銭的なバックアップは一切無理」という立場だったので、映画の製作資金は、全額、市民団体である「桑名映画部」が地道な営業活動で集め、万が一赤字になった時は、秦が個人でその穴埋めをすることにした。地元で仏壇・仏具店を営む林恵美子さんという方が「映画部」の部長に立ってくれ、東京では立石一海さんという音楽家が、パートナーとして挙手をしてくれた。こうして『クハナ！』というプロジェクトは進み始めた。

『クハナ！』は映画と小説のふたつの形で誕生し、映画はイオンシネマ桑名で驚異的なロングラン上演となり、「桑名映画部」改め「クハナ！映画部」は地方創生大賞という素晴らしい賞をいただく。これは嬉しかった。

　小説は小説で、桑名や四日市、津、名古屋などの地元の書店さんが大々的に応援をしてくださった。小説『ＫＵＨＡＮＡ！』は黄色い装丁だったのだが、地元の書店さんに入ると、そのあまりの『ＫＵＨＡＮＡ！』の量に、店中が黄色に染まっているように見えた。決して誇張ではなく！　あの時は、自分が村上春樹さんのようなベストセラー作家になったのかと嬉しい錯覚をした。


「クハナ！映画部」は、名前こそ「桑名」だけれど、その理念に共鳴して、市外からも何人も参加してくれた人がいた。その中のひとりに、岐阜県海津市に住む鈴木樹子《みきこ》さんという方がいた。

「桑名で映画が出来るなら、岐阜でも同じように市民主導で映画が作れるはず」

　彼女はそう言って、「秦建日子」と『クハナ！』を積極的に、岐阜の皆さんと繋いでくれた。鈴木樹子さんはスカイ・スポーツの会社を運営されていて、そのご縁で、実はぼくも、この小説に登場する池田山の山頂から、ハング・グライダーで大空に飛び出す体験をした。あれは、衝撃的な体験だった。岐阜で新たな作品を立ち上げるなら、ぜひ、この大空を飛んだ体験を生かしたいと思った。

それならばと、スカイ・スポーツ繋がりで鈴木樹子さんからご紹介いただいたのが、地元で健康食品の会社を経営されている野々垣孝さんと、後に「地方創生ムービー2.0で岐阜を元気にする会」の長として尽力してくださった農家の河本悦子さんだった。おふたりともパラ・グライダーという、やはりひとりで大空を飛ぶスポーツの愛好者だった。野々垣孝さんは還暦を過ぎてからパラ・グライダーを始め、ついにはヨーロッパのアルプス連峰の上空を飛ぶほど上達された超人のような方で、ぼくが映画の構想をお話しすると、

「それは素晴らしい。前々から、自分の人生を豊かに彩ってくれたスカイ・スポーツに恩返しがしたいと思っていたので、監督がスカイ・スポーツと池田山をフィーチャーした作品を作ってくれるというのなら、ぜひ私も応援したい」

とおっしゃってくださった。そしてご紹介いただいたのが、岐阜県知事の古田

肇さんだった。多忙な知事のスケジュールを野々垣さんがおさえてくださり、県庁まで会いに行った。古田知事からは、

「空も素晴らしいけれど、岐阜は木曾三川の清流の国であり、その大河の素晴らしさもぜひお願いしたい」

というリクエストをいただいた。話が『クハナ！』の桑名に戻るけれど、木曾三川は桑名で合流してひとつの大河として海に流れ込んでいて、その雄大な景色がぼくは大好きだった。なので、もともと、木曾三川は絶対に描きたいと思っていた。

下流から、上流へ。

すべては繋がっている。

そんなイメージ。

タイトルが付いている方が作品のイメージが湧きやすいので、今回の岐阜のプロジェクトには『ブルーヘブン』という仮タイトルをつけてみた。そして、

・空の青
・木曽三川の清流の青
　このふたつの青をキーワードに、物語を考え始めた。

　ただ、できることならあともうひとつ、青に繋がるモチーフが欲しいとも思っていた。二脚では安定しないけれど三脚なら安定するように、このプロジェクトにも青は三つあった方が良いのでは、という予感があった。

　ふさわしいモチーフを探すため、河本悦子さん運転の車で、大垣市・池田町・大野町・揖斐川町など、西濃地区を中心に何日も取材で走り回った。いろいろな場所に行き、いろいろと岐阜ならではの美味しい食事なども楽しみながら、（地方創生を目指す作品のモチーフになる以上、日本で一番……可能なら、世界で一番で、なおかつ、青いものなら最高なんだけど）と考えていた。

　ある時、河本悦子さんが、運転をしながら、

「差し出がましい口をきくみたいで、ずっと迷っていたのですが」

と話し始めた。

「？　何をですか？」

「あの……仮タイトルの『ブルーヘブン』のことなんですが」

「？　仮タイトルがどうかしましたか？」

「確か『ブルーヘブン』という名前は商標登録されていると思うのですが、その辺り、映画的には大丈夫なんでしょうか？」

「え？　サザンオールスターズの『BLUE HEAVEN』という歌のことですか？　歌のタイトルは著作権的には確か気にしなくて大丈夫なはずですよ？」

「え？　いえいえ、歌ではないです。ええと、花です」

「花？」

「はい。岐阜には『ブルーヘブン』という青いバラがあるんです」

「ええ？　そうなんですか？」

　バラには青色素がなくて、青いバラの花言葉が「不可能」だということは、知っていた。が、その不可能と言われた青いバラを品種交配だけで作り出した人がいて、その人がなんと岐阜の、それも今回の物語の舞台に考えていた大野町の方だとは夢にも思わなかった。

「ぜひ、そのバラ園に行きたいです」

と、ぼくが言うと、河本悦子さんは、

「じゃあ、今から行っても平気か電話してみましょう」

と言って携帯電話を取り出すと、特に検索などもせずにどこかに電話をかけ始めた。

「あの……その青いバラを作られた方とはお知り合いなんですか？」

「実は、親戚なんです」

なんと！　ご親戚！　なので商標登録されているなんて情報もお持ちだったのである。

なんという偶然！　いや、運命！

その日の取材予定を全てキャンセルして、この小説に登場する鷺坂バラ園のモデルとなった河本バラ園さんにお邪魔をした。

こうしてぼくは、世界で初めて品種交配のみで青いバラを作った河本純子さんと出会った。

ひと目見た瞬間、

(ああ、この人だ)

と直感した。

あとは、ただ書くだけだった。


こうして振り返ると、この『ブルーヘブンを君に』という作品は、本当にたくさんの出会い・繋がりの末にあるのだなあと思う。

誰かひとりが欠けたら、ここには来られなかった。

確率を計算したら、それこそ奇跡としか言いようのない出来事だと思う。

が、その反面、ご縁というものは、ある種の必然という気もする。

ぼくは、導かれるようにたくさんの方と出会い、河本純子さんと出会い、「ブルーヘブン」という青いバラと出会った。

その幸せに感謝します。

ありがとう。

ちなみに、今、青いバラの花言葉は「夢はかなう」だそうである。

二〇二〇年二月

秦建日子

本書は書き下ろしです。
執筆協力　服部いく子（OFFICEBLUE）

ブルーヘブンを君《きみ》に

二〇二〇年 五 月一〇日 初版印刷
二〇二〇年 五 月二〇日 初版発行

著　者　秦建日《はたたけひ》子《こ》
発行者　小野寺優
発行所　株式会社河出書房新社
〒一五一－〇〇五一
東京都渋谷区千駄ヶ谷二－三二－二
電話〇三－三四〇四－八六一一（編集）
〇三－三四〇四－一二〇一（営業）
http://www.kawade.co.jp/

ロゴ・表紙デザイン　粟津潔
本文フォーマット　佐々木暁
印刷・製本　中央精版印刷株式会社

Printed in Japan ISBN978-4-309-41743-1

推理小説

秦建日子　40776-0

出版社に届いた「推理小説・上巻」という原稿。そこには殺人事件の詳細と予告、そして「事件を防ぎたければ、続きを入札せよ」という前代未聞の要求が……ＦＮＳ系連続ドラマ「アンフェア」原作！

アンフェアな月

秦建日子　40904-7

赤ん坊が誘拐された。錯乱状態の母親、奇妙な誘拐犯、迷走する捜査。そんな中、山から掘り出されたものは？　ベストセラー『推理小説』（ドラマ「アンフェア」原作）に続く刑事・雪平夏見シリーズ第二弾！

殺してもいい命

秦建日子　41095-1

胸にアイスピックを突き立てられた男の口には、「殺人ビジネス、始めます」というチラシが突っ込まれていた。殺された男の名は……刑事・雪平夏見シリーズ第三弾、最も哀切な事件が幕を開ける！

愛娘にさよならを

秦建日子　41197-2

「ひとごろし、がんばって」――幼い字の手紙を読むと男は温厚な夫婦を惨殺した。二ヶ月前の事件で負傷し、捜査一課から外された雪平は引き離された娘への思いに揺れながら再び捜査へ。シリーズ最新作！

アンフェアな国

秦建日子　41568-0

外務省職員が犠牲となった謎だらけの轢き逃げ事件。新宿署に異動した雪平の元に、逮捕されたのは犯人ではないという目撃証言が入ってきて……。真相を追い雪平は海を渡る！　ベストセラーシリーズ最新作！

サマーレスキュー　～天空の診療所～

秦建日子　41158-3

標高二五〇〇mにある山の診療所を舞台に、医師たちの奮闘と成長を描く感動の物語。ＴＢＳ系日曜劇場「サマーレスキュー～天空の診療所～」放送。ドラマにはない診療所誕生秘話を含む書下ろし！

ダーティ・ママ！

秦建日子　41117-0

シングルマザーで、子連れで、刑事ですが、何か？　――育児のグチをブチまけながら、ベビーカーをぶっ飛ばし、かつてない凸凹刑事コンビ（＋一人）が難事件に体当たり！　日本テレビ系連続ドラマ原作。

ダーティ・ママ、ハリウッドへ行く！

秦建日子　41273-3

シングルマザー刑事の高子と相棒の葵が、セレブ殺害事件をめぐって大バトル⁉　ひょんなことから葵はトンデモない潜入捜査をするハメに……ルール無用の凸凹刑事コンビがふたたび突っ走る！

ザーッと降って、からりと晴れて

秦建日子　41540-6

「人生は、間違えられるからこそ、素晴らしい」リストラ間近の中年男、駆け出し脚本家、離婚目前の主婦、本命になれないＯＬ――ちょっと不器用な人たちが起こす小さな奇跡が連鎖する！　感動の連作小説。

KUHANA!

秦建日子　41677-9

１年後に廃校になることが決まった小学校。学校生活最後の記念というタテマエで、退屈な毎日から逃げ出したい子供たちは廃校までだけ赴任した元ジャズプレイヤーの先生とビッグバンドを作り大会を目指す！

マイ・フーリッシュ・ハート

秦建日子　41630-4

パワハラと激務で倒れた優子は、治療の一環と言われひとり野球場を訪ねる。そこで日本人初のメジャー・リーガー、マッシー村上を巡る摩訶不思議な物語と出会った優子は……爽快な感動小説！

キスできる餃子

秦建日子／松本明美　41613-7

人生をイケメンに振り回されてきた陽子は、夫の浮気が原因で宇都宮で餃子店を営む実家に出戻る。店と子育てに奮闘中、新たなイケメンが現れて……監督＆脚本・秦建日子の同名映画、小説版！

すいか　1

木皿泉　41237-5

東京・三軒茶屋の下宿、ハピネス三茶で一緒に暮らす血の繋がりのない女性４人の日常と、３億円を横領し逃走中の主人公の同僚の非日常。等身大の言葉が胸をうつ向田邦子賞受賞、伝説のドラマ、遂に文庫化！

すいか　2

木皿泉　41238-2

独身、実家暮らしＯＬ・基子、双子の姉を亡くしたエロ漫画家の絆、恐れられ慕われる教授の夏子、幼い頃母が出て行ったゆか。４人で暮らしたかけがえのないひと夏。10年後を描いたオマケ付。解説松田青子

ON THE WAY COMEDY 道草　平田家の人々篇

木皿泉　41263-4

少し頼りない父、おおらかな母、鬱陶しいけど両親が好きな娘と、家出してきた同級生の何気ない日常。TOKYO FM系列の伝説のラジオドラマ初の書籍化。オマケ前口上＆あとがきも。解説＝高山なおみ

ON THE WAY COMEDY 道草　袖ふりあう人々篇

木皿泉　41274-0

人生はいつも偶然の出会いから。どんな悩みもズバッと解決！　個性あふれる乗客を乗せ今日も人情タクシーが走る。伝説のラジオドラマ初の書籍化。木皿夫妻が「奇跡」を語るオマケの前口上＆あとがきも。

ON THE WAY COMEDY 道草　浮世は奇々怪々篇

木皿泉　41275-7

誰かが思い出すと姿を現す透明人間、人に恋した吸血鬼など、世にも奇妙でふしぎと優しい現代の怪談の数々。人気脚本家夫婦の伝説のラジオドラマ、初の書籍化。もちろん、オマケの前口上＆あとがきも。

昨夜のカレー、明日のパン

木皿泉　41426-3

若くして死んだ一樹の嫁と義父は、共に暮らしながらゆるゆるその死を受け入れていく。本屋大賞第２位、ドラマ化された人気夫婦脚本家の言葉が詰まった話題の感動作。書き下ろし短編収録！解説＝重松清。

著訳者名の後の数字はISBNコードです。頭に「978-4-309」を付け、お近くの書店にてご注文下さい。